こすつき
～新妻とエッ
コスプレ
JN105095
著 誘宵
画 天音るり
原作 ぱじゃまエクスタシー
ぷちぱら文庫

プロローグ……4
1章　新妻と催眠チャレンジ……19
2章　イチャイチャ後輩妻！……87
3章　献身エッチナース妻！……111
4章　チアコス妻で優勝してイクッ！……142

籠原《かごはら》 美涼《みすず》

優しく包容力があり、スタイル抜群の専業主婦。旦那様である雅孝のことも大好きだが、夜の営みに関しては苦手意識が強い。

5章　まさか妻がメイド服を!?……178
6章　お祓え！　巫女ちゃま妻！……196
7章　我が家のバニー妻！……217
エピローグ……243

籠原《かごはら》 雅孝《まさたか》

三年前に美涼と結婚した営業職の会社員。実は女性のコスプレが大好物。

プロローグ

灯りはベッドのそばの小さなランプだけ。そんな暗い中でも愛しい妻の姿ははっきりと見えるものだ。

「きれいだよ、美涼《みすず》」

夫の籠原雅孝《かごはらまさたか》がささやくと、妻の美涼は恥ずかしそうに目をそらして身を縮めた。初めて体を重ねたときと変わらず初々しいままだった。

「……………キス」

美涼は恥ずかしさを紛らわせるように、少しツンとした態度でキスを求める。雅孝もそれに応じる。

「んっ、んむ……ちゅ、ん……んふぅ……」

軽く唇を触れあわせる。雅孝は美涼の柔らかい唇を舌先でトントンとノックした。美涼は小さく唇を開き、雅孝の舌を口内へと招きいれる。お互いの唾液を混ぜあわせるようなキス。唇を離すと、美涼は小刻みに息をしながら瞳を潤ませて雅孝を見つめていた。

呼吸に合わせて上下しているのは、たわわに実った乳房。母性と雄欲をかきたてるふたつの膨らみへと雅孝は手を伸ばす。しっとりとした柔肌風船に指を沈みこませると、美涼はくぐもった声をあげ身を強張らせた。

「胸は敏感だから……あんまり強くしないでね」

「……ごめん」

「謝らなくても大丈夫だから、優しく……んぁっ、うぅんっ……！」

本当は、思い切り鷲掴みにしたい雅孝だった。なぜなら、彼が揉んでいるのはその手から簡単にこぼれ落ちそうなほど大きな百センチをゆうに超える爆乳なのだ。しかし、雅孝はそんな本能を理性で必死に抑えこむ。彼女は雅孝にとってとても大事な妻だから。

優しく爆乳を揉みしだきながらキスを重ねる。

「ん……んふっ、ちゅ、ちゅぅ……はぁ、はぁ……んちゅぶ……」

唾液の混ざる音に、美涼の甘い声が重なる。

ふたりが結婚してからもう三年。付き合い始めから数えれば四年半。何度も抱いた妻の身体は、雅孝にとって最高の物だった。

「美涼……そろそろいいかな？」

「……………ええ」

キスと愛撫で十分に濡れた美涼の秘所へ、雅孝は肉棒を押し当てた。

「……いつでもいいわよ」

「じゃあ、入れるよ……」

睫毛を下向きに曲げて挿入を身構える妻の姿は、雅孝には注射器から目をそらす子供のように思えた。まだまだ緊張している妻のことを意識しながら、雅孝は煮え滾る熱情に引っ張られるように腰を押し進める。

「はぁ……ああっ……。挿入《はい》って、き、た……ぁ……」

指二本でもまだ狭い美涼の膣内を、雅孝の肉棒がこじ開けていく。強い膣圧が肉棒へ濃厚にからみついて、雅孝の下半身へ甘美な快感をもたらした。

「ふっ、ぐっ、んぅっ……。や……ダメ……もっと、ゆっくり……」

「あぁ、ごめん」

亀頭まで秘裂に挿入したところで、美涼のか細い声が雅孝に届く。美涼はじっと雅孝のことを見つめて呼吸を整えていた。

「うん、大丈夫。もう動いていいよ」

準備ができたという美涼の返事を待ってから、雅孝は肉棒の残りを膣内へと埋没させる。

「ん……く、ああっ……、お、おっき……いいっ……」

美涼はきゅっと目をつぶり、侵入していく夫の剛直に震えた。

雅孝も、それを迎え入れる妻の膣内に小さく呻く。完熟の果実を彷彿とさせる柔らかい媚肉を押しつぶして広げていく快感が下半身から伝播する。

「んっ、くっ、あ……ああっ……！　んんっ……！　奥……ぅ……！　はいって、きて、るぅっ……！　お腹の中っ、こじあけられてる……！　んっ、ふっ、ぐぅ……！」

最後に小さく身体を震わせて、美涼は肉棒を根元まで咥えこんだ。

「はぁ……はぁ……」

美涼が深呼吸をするたびに、膣内もきゅうきゅうと収縮していた。

「……動いていい？」

このまま腰を振りたいと、雅孝から雄の本音が漏れてしまう。

「……ちょっと待って」

「…………」

また、美涼の準備の時間だった。

「……ふぅ。いいわよ、でも、ゆっくりね」

若干ビクビクしながら、目を細めて告げた。その言葉も、ふたりにとってもはいつものやり取りだった。いじらしい姿に湧き上がる猛烈な衝動を必死に抑えつつ、雅孝は美涼の希望どおりにゆっくりと腰を動かす。

「んはぁっ、ああっ、お腹……引き抜かれてっ……！　くぅっ、ンッ、ふぅ、めくれちゃう……あっ、アンッ！　内側……カリが、引っかかって……はぁっ、くぅんっ！」

ゆっくりと膣内から肉棒を引き抜くと、美涼の肉襞は名残惜しそうに熱心に絡みついてくる。それは初夜のときと変わらない蠢《うごめ》きだった。雅孝の肉棒を蕩けさせるような強烈な快感をもたらす。そして入り口付近まで引き抜いた肉棒を、今度は膣内へと戻す。

「はぁ……ああ……おちんちん……んくっ、あっ、また奥にっ、入ってきた……！」

すぐにぴったりと閉じあわさってしまう肉壺を、剛直で再び切り開く。ねっとりとした愛液が分泌された肉襞は、奥へ奥へと雅孝のことを誘う。

「ふ、ぐ……んんんぅっ……！　さ、さっきより深い……んっ、くぅん……！」

「相変わらず、美涼のマンコは狭いね」

雅孝がささやくと、美涼の膣内がヒクッと収縮した。

「は、恥ずかしいからそういうコト言わないでっ……」

「……ごめん」

「謝らなくてもいいけど……褒めてくれてるんだろうし」

ちょっとツンとした反応も、照れ隠しであることは雅孝もよく知っている。それに対して素直に謝ると、美涼は慌ててフォローに回る。そういう流れになることも、これまでの結婚生活の中でよく知っている。

「……胸、触るよ？」

「…………ん」

雅孝はまた美涼の胸へ手を伸ばす。ボリューム満点の乳房を捏ねると、同期するように膣内も反応を返す。下半身へ大量の血液が集まっていくのがわかった。

「うあっ……、またあなたのが、ナカでおっきくなってる……」

「美涼の胸が魅力的だからね。本当、いつまでも揉んでいたくなるオッパイだよ」

「……口に出して言わなくていいから」

「ピンクの乳輪もかわいくて、柔らかさも最高だし。乳首もコリコリで……本当、いつまでも触っていたいよ」

「……だから、わざわざ言わなくていいってば、ンッ！」

「どうせなら美涼にも気持ちよくなってほしいからさ」

「……もぅ」

恥じらう美涼の反応を確かめながら、雅孝は感じるポイントを探るように胸を弄りまわし腰をグラインドさせる。

「んっ、ふっ、んんっ！　んくっ、ふぅんっ！」

きゅっと口を結んだまま、美涼は悩ましい声を漏らした。

「胸、また大きくなった？」

「あなたが胸ばっかり触るから……んっ」

「美涼の胸にはそれだけ魅力があるから仕方ないだろ」

「…………そ。んふぅっ、んっ、んっ、ふぅ……ンッ！」

そうしているうちに、美涼の身体も温まってきたのか、次第に珠の汗が肌に浮かぶ。そして愛液の量も増えてきて結合部から生々しい音が響きだす。

「んっ、んっ、くっ、ふぅ……んぁっ！　はぁっ、はぁっ、んっ、はぁんっ！　はふぅ、んふっ、はっ、はっ、んっ、んんっ……！」

ねちっ、ねちっ、と粘膜がこすれあう音に、熱を帯びた水巣の吐息が混じる。

「けっこう美涼って感じやすいよね」

「っ……！　そ、そういうの言わなくていいから」

ぷいと顔を背けて照れ隠しをする美涼の反応は、それこそ、新婚時代から全く変わっていないものだった。

「でも……」

さらに言葉を続けようとした雅孝だが、

「いいから」

美涼にさえぎられてしまう。

「私のことは……いいから」

ただ、美涼はどこか、一緒にセックスを愉しもうという気はないように雅孝は感じていたのだった。

「……激しくしてもいいかな？」

「ええ……いいわよ」

せっかく夫婦なのだから、一緒にセックスを愉しみたい。雅孝のその思いは、快感への衝動で塗りつぶされていく。

「ん……あっ、んんんっ！」

それでも美涼に悦んでほしくて、雅孝は腰の動きを速めた。

「はっ、あっ、奥……ぉ……んんぅっ！　おちんちん、深い……ぃ……ああっ……！　激しい……ン……深くにっ……！　んんっ、んっ、んんぅっ……！」

いうまでもなく、美涼の膣内はとんでもない名器だった。

しっかりと肉棒に食いついて、丹念にしごいて、単調な蠕動《ぜんどう》だけでなく不規則にうねって雅孝の射精を促す。たっぷりと分泌される愛液はとても熱く、動かなければあっという間に溶かされてしまいそうだ。

そして、指がたやすく食いこむ爆乳の存在も最高に刺激的だった。こんなにも柔らかいのに、頂点にある乳首はグミのように硬く尖っている。

「ふあっ、ンッ、また、おっぱいばっかり……ぃ……！　そんなに摘まんだら、んぁっ、痕が残っちゃ……んんっ！」

「痛かったらやめるから」

「い、痛くはない……けどっ……！　んっ、んっ、んふぅ……はぁっ、はぁ……ん……！」

雅孝は勃起しきった美涼の乳首を指でつまみ、コロコロと弄《もてあそ》ぶ。たまらず美涼の口が開いて、上擦った声が飛び出した。

「んぁっ、ああっ、乳首……クリクリしちゃっ、んっ、ふはっ！」

「痛い？」

「い、痛いとかじゃなくて……」

「……気持ちいい？」

「っ……！　知らないっ！」

図星を突かれたのか、美涼はまたそっぽを向いた。

決して美涼の身体は反応しないわけではない。雅孝の行為に対してきちんと反応を返してくれる。好意的な方向で。ただ、セックスの最中の美涼は消極的で、受け身であった。雅孝が動向を尋ねると羞恥心《しゅうちしん》で声や反応を我慢しようとする。雅孝にとってはもはや見慣れた光景だった。

「本気で嫌ならやめるから」

「べつに、嫌とかじゃない、けど……んんっ、できれば、んふっ、もっと優しく、してくれたほうが……んぁっ、あと、そんなおっぱいばっかり、弄られたら……んぁっ、また、おっきくなって……困る、から……んっ、ふぅ……ふぅ……んんっ……！」

喘ぎ交じりに答えてくれる美涼の様子を微笑ましく眺めながら、雅孝は胸への愛撫を続けるのだった。

「も、ぉおっ！　困るって、言ってるのに……ぃっ……！　んくっ、全然、話、聞いてくれてない、じゃないっ、んくぅんっ！」

「本気で嫌がってたらやらないけど」

「んっ、んふぅ……くぅっ……！」

熱を帯びた吐息。額には汗の粒が浮かんでいる。そんな美涼は、間違いなく雅孝の愛撫で感じていた。

「美涼の感じてる声が聞きたい」

「……や」

恥ずかしがりな妻は、受け身の姿勢を決して崩すことはなかった。

「んんっ、んふっ、んく……んっ、んっ、んぅぅっ……！　んふっ、んぐっ、ふぅ……」

結んだ口で、必死そうに嬌声をこらえているようだった。

(極上の妻の身体を抱く権利を持っている時点で、これ以上のことを求めるのはきっと贅沢がすぎるだろうな……)

しかし、美涼の淡泊な態度に不満を抱いてしまうのもまた現実だった。美涼を気持ちよくさせているという確証が得たいのと、快感が雅孝の思考にブーストをかける。そして自身もより強い快感を得ようと肉棒を打ちつけた。

「んっ、んっ、んふぅっ！　んはっ、ああっ、ああっ……！」

とうとう美涼の口が開き、大きな嬌声が飛び出す。

「はあっ、ああっ、んくぅうっ！　待って、待って……少しっ、休ませて……！」

「ごめんっ、もうちょっと……！」

火がついてしまった衝動は、美涼の静止でも止められず、雅孝は腰を振り続ける。

「んんっ、んっくぅっ！　んあぁっ、あっ、んぅ……んっ、んん……！」

「美涼っ、美涼っ……！」

お互いに心と身体を重ねたうえでの愛情表現と言うよりも、合意を得たうえでの性欲発散に近い一方的なピストン。ともすれば拒否されても仕方のない行為だ。しかし、美涼は抵抗することなく受け入れていた。

「んっ、もぉ……。出したくなったら、んくっ、言ってね……。んぁっ、んんっ、いつでも出して……いいからっ……！」

ただでさえ窮屈な膣内が、肉棒をぎゅうぎゅうに締め上げる。美涼の汗のにおいが雅孝の鼻腔をくすぐり、下腹部で煮え滾る射精欲を暴れさせる。

「そ……そろそろ出そう……」

「んっ、いいのっ……私のナカで、出していい、のよっ。大丈夫だから……今日は、大丈夫な日だからっ……！　んっ、くぁ……んんっ……！」

美涼の受け身の誘惑に引っ張られるようにして、雅孝は本能に任せてラストスパートをかける。気持ちよくしたい、気持ちよくなりたい。ふたつの感情が混じりあったまま激しく腰を打ちつける。

「んふぅっ、ふぅっ、んっ、ふぅっ、んんっ、んんっ……！」

「くっ、ううぅっ……！　出るっ……！」

「んんぅっ！　んぁっ、ナカで膨らんでっ！　んっ、んんんっ……！」

「美涼っ……！」

しっかりと美涼の膣奥へ肉棒を押し付けながら、雅孝は精を放った。びゅるびゅるとためこんだ精液が膣内へ流れていく。

「んんっ、んん……んくっ、出て……るぅ……ああっ、ナカでっ……！」

美涼は確かに絶頂していた。

夫の精液が肉襞に染みこむように流れこんでくる。脳髄まで届くような快感の電流に思考が焼かれる。

「んぁっ、あっ、ああ……まだ……んん……はふぅっ……！」

「うっ、ああ……はふ……ふぅうっ……！」

お互いに結合部を密着させて、ふたりそろっての絶頂に身体を震わせる。オーガズムの緊張がほぐれて、息を吐きだしたのもほとんど同じだった。

繋がったまま汗の滲んだ身体を起こし、あらためて愛する人へと顔を向ける。

「……気持ちよかった、あなた？」

「ああ……気持ちよかったよ」

「……ん、ならよかったわ」

ひと仕事を終えたと肩を下ろした美涼の顔は、少なくとも雅孝との行為に不満を抱いていないようだった。

「今日はずいぶんと激しかったけど、なにかあったの？」

美涼はふと尋ねる。三年（以上）連れ添った相手との行為の変化には彼女も敏感だった。

「いや、べつにそういうわけじゃないけど……。イヤな気持ちにさせてたら、ごめん」

「べつにイヤとかそういうのはないけど……。いつもより強引だったから気になっただけ」

「そっか……」

本当は、雅孝はもっとしたい。全然物足りない。抱きたい。出したい。愛しあいたい。

しかし、そんな性欲むき出しの欲望を美涼にさらし、彼女をうまく説得するビジョンがまるで思い浮かばずにいた。

「……あのぅ……まだ、硬いんだけど」

「……だな」

雅孝の思考は鈍ったままだが、性器のほうははっきりと意思表示していた。

「な、なあ……もし、もう一回シたいって言ったら？」

もしかしたらという淡い期待を抱き、雅孝は二度目をねだる。美涼の膣内も、勃起の収まらない肉棒になおも熱心に絡みついてきている。

「……だめ」

少し遅れて、美涼の返事が返ってきた。残念な方向で。

「明日からまたお仕事が始まるんだから。絶対にお仕事に影響が出ちゃうから、ダメ」

断られるだろうという予想も、覚悟もできていたが、あまりに常識的な理由で雅孝は苦笑いがこぼれた。

「そ、そこをなんとか。さすがにこのままじゃ辛いしさ」

返事にひと呼吸あったところに活路を見出し、雅孝は食い下がる。

「そっとしてれば収まるでしょ？」

「それは……そうだけどさ」

「もっと早い時間だったならともかく、今からなんて絶対明日に影響が出ちゃうでしょ」

「それは……」

「昔みたいに若くないんだから、無茶はダメよ」

「……べつに無茶してるつもりはないんだけどなぁ」

さすがにこれ以上無理強いはできないと、雅孝は折れることにした。

美涼に関しては、なんの問題も文句もなかった。

性格も、身体も、自分にはもったいないほどに素晴らしい女性だと、雅孝は思っている。

しかし、毎夜の営みについてはいつも不完全燃焼だった。

1章　新妻と催眠チャレンジ

翌日。午前の仕事を終わらせて、雅孝は事務所で昼食にしていた。

「なかなかうまくいかないもんだな」

雅孝は愛妻弁当をつつきながらため息をこぼした。

「せっかくメシの時間だってのに、この世の終わりみたいな顔してますねー？」

横から陽気な声が聞こえてきた。雅孝の後輩の金田《かねだ》だった。外回りの帰りに、近くのコンビニで昼ごはんを買ってきたところらしい。

「あ、久しぶりにコスキャバとか行きます？　先輩は結婚してからまるきり行ってなかったでしょ？　いやはや、いいコが入ったらしいッスよー？」

「既婚者を誘うなよ。行かないに決まっているだろ」

「そうっすか？　いや、先輩が好きな巫女ちゃまナースの新コスが入ったって、店の麻衣《まい》ちゃんが言ってた……」

巫女ちゃまナース。新コス。思わず雅孝は身体を起こす。

「マジかっ！　って、行かねーよ？」

コスプレ。平凡な日常に非日常を付与するスパイス。結婚する前は金田に誘われて行っていたコスキャバは、キャバクラという空間も相まって非日常・オブ・非日常だった。

とはいえ、それも結婚するまでの話。

結婚してからはそういった場所には行ってない。美涼に知られたらどんな顔をされるかわかったもんじゃない。

「まあ、でも先輩が頭を抱えてる案件ねぇ……。ふむふむふむ、もしかしてですが奥さんとうまくいってないとかッスかー？」

「……なんでわかった？」

「俺は先輩に関しては先輩より詳しい自信ありますからね……なんて言いたいッスけど、純粋にただの勘ッスわ～」

「よく当たる勘だな」

「根拠はあるッスよ？　仕事は順風満帆、人間関係も問題ない、周囲に不幸があったワケでもなし。なのに先輩が浮かない顔をしているとしたら、こりゃもう奥さんとなにかあったんだろうなって」

「探偵にでもなったほうがよかったんじゃないのか？」

自信満々で推理を披露した金田に、雅孝は少々イヤミっぽく返した。

「残念ながら俺の洞察力は先輩限定ッスよ。なんなら奥さんと別れて俺と結婚しません？　後悔はさせませんよ？」

「ありえねえ。どう考えてもそれ俺になんの得もないだろ」

「あはは。まあちょっとした冗談ッスよ、ジョーダン。それで実際のとこ、奥さんとなにがあったッスか？」

「……つまらん話だぞ？」

「男女関係なら、人より場数を踏んでるって自負あるッスから、話さえ聞ければ、多分先輩の力になれると思いますよ」

金田はニカッと白い歯を見せて、満面の笑みを浮かべる。

妙に雅孝になついているこの後輩は、プライベートなことにもあっさりと踏みこんでくる。ただ、それでも解決の糸口がつかめるのなら、金田に話してみるのも悪くないと思った雅孝だった。

「……昨日の話なんだが」

雅孝は重たい口を開いて昨夜のことを金田に話した。

「なるほど……なるほどねぇ……。思ってたのより百倍は深刻かつ重大な悩みッスね」

「そ、そこまでか？」

ひととおり話を聞いた金田は、神妙な顔でうなる。これまで長い付き合いの雅孝も見たことのない顔をしていた。

「なに言ってるッスか!?　夫婦生活における性生活は死活問題ッスよ!?　それこそ今の時代は、性の不一致で離婚することだって大いにありうるッスから！」

「り、離婚!?」

思わず雅孝から大きな声が出てしまった。金田の返答は大げさに感じる部分はあれど彼の想像以上に真面目だった。

「……ですが、そんな先輩に朗報があるッス……！　エロい奥さん……見てみたいと思わないッスか……？」

「いきなりなんの話をしているんだ？」

急に金田が笑顔になり、話を切り出す。

「いや～、実は俺も以前考えてたんッス。どうしたら麻衣ちゃんが俺に振り向いてくれるかなーって」

「いや、だからいったいなんの話をしてるんだよ。というか、あまり店の女の子にちょっかいだすなよ」

「えっ、だって麻衣ちゃん、顔と身体がいいうえにオタク趣味に寛大なんッスよ？　いいじゃないですか。彼女にしたいでしょ？」

金田はその麻衣ちゃんを推している様子だった。

「……長くなりそうなら結論だけ話してくれ」

結論にいたるまで、話が脇道に逸れてなかなか戻らなくなるのが金田の悪い癖だった。これがなければ仕事も成果が出せるだろうと雅孝は思っている。雅孝は金田が一刻も早く言いたいだろう答えを促した。

「はいこちらっ、催眠装置ッス！　おすすめッスよ！」

すると金田がちょっとしたガジェットを取り出したのだった。

「……は？」

「ですからー、催眠装置ッス！　おすすめッスよ？」

「べつに聞こえなかったわけじゃないからな？」

「いやね、ここに催眠装置なるものがありましてね？　それを使うと、女の子がエロエロになるっていう道具ッス！　俺も半信半疑だったッスけど、使ったんスよ。……そしたらなんと、麻衣ちゃんが一発で俺にメロメロになったんッス！」

まるで学生のような軽い口調で語る金田。

雅孝はそのエピソードを半信半疑どころか疑い百パーセントで聞いていた。

「……お前のところに仕事を押し付けすぎていたかもしれないな」

先輩として、後輩の精神に異常をきたすほど仕事をさせていたのは、反省しなければならない不始末だ。

「いやいやいやいやいや！　妄想とか妄言とかじゃなくて、マジな話ッス！　麻衣ちゃんって、誘ってもアフターに絶対ついてくれないんスよ。でもでも……装置を使ったら別人じゃないかってくらいに積極的になったッス！　むしろ彼女からウェルカムになったんス！」

「……それって犯罪じゃないのか？」

ここまでありありと体験談を語られると、夢と現実の境界がわからなくなっているのか心配になる雅孝だった。

しかし、催眠装置とやらを語る金田の眼差しは真剣そのものだった。

「麻衣ちゃん、俺が買ってきたお仕置き天使ヴァルカンとか鏖滅の刃とかとか、ぶっちゃけ血小板の衣装なんかも着てくれるとは思わなかったッス」

「……よし、詳しく聞かせろその話」

「予想はしてたッスけど、食いつきパナいッスね……！」

「いや、聞くだけだ。あくまで聞くだけだからな！　判断はそれからだ」

雅孝は金田から催眠装置使用時に行われたコスチュームプレイについて聞いた。

催眠の効果もあり、しっかりとコスチュームのシチュエーションになりきってもらえるらしい。雅孝にとっては、どうしても信じられないような内容ばかりだったが、そこに猛烈なトキメキを覚えていた。

「というわけで！　この催眠装置さえあれば、コスキャバに行かずとも美人の奥さんと毎日のようにイメプレができるってわけッス！」

「……いろんな意味で大丈夫なのか、ソレ」

「大丈夫ッス！　少なくとも俺は大丈夫でしたし、麻衣ちゃんだって大丈夫だったッス！　サイトのレビューも満点しかないッスから！」

胸を張っている金田だが、そこに雅孝が安心できる要素はどこにもなかった。

「まあ、それよりもッス。先輩も愛する奥さんがエロエロに乱れまくってる姿を見てみたいんじゃないッスか？　奥さんがコスプレして、エッチしてくれる姿」

「くぅっ……」

金田の言葉が、昨夜の美涼との淡泊なセックスを想起させた。

「先輩ってば、今、絶対に想像したッスね？　奥さんがエロエロになった姿を妄想したッスね？　いろんなコスチュームで乱れた姿をイメージしたッスね⁉」

「さ、さあな……」

「でも……ぶっちゃけ見たいッスよね？　自分の奥さんのあられもないようなエロい姿」

「しょ、しょれは……ど、どうじゃろか……」

「普段は見ることのない服を着た新鮮な奥さんを、うわキツな学生服に身を包んだエッチな奥さんを、一度でいいから見てみたいとは思わないッスか？　思うッスよね？」

「しょ……しょれはっ……！」

普段の雅孝なら、作り話だ、笑い話だと軽く流していただろう。

しかし、これまでの積み重ねや昨晩のこともあり、雅孝の心は揺らいでいた。

「ま、お試しということなら俺のヤツ使います？　使い方はあとでURL送りますんで」

「お、おいまだ、使うとは……」

「……って、もうこんな時間⁉　ヤバいヤバいヤバいヤバいっ！　午後からの外回りに間にあわなくなる！」

急に金田が時計を見て慌てだす。熱心に催眠装置を売りこんでいるうちに、もう昼休みも終わりそうになっていた。

「んじゃ、とりあえず現物はこれッス！　マジおすすめッスから！　先輩も使ってみて、感想を聞かせてくださいね！」

金田は駆け足で事務所を出ていってしまった。

「……台風みたいなやつだ」

それから一分ほど経過したところで、手元のスマホに怪しげなＵＲＬが届いた。差出人は金田であり、中身はほぼ間違いなくデスクに置かれた催眠装置のマニュアルだろう。

「催眠装置か……ふぅん……催眠装置……ねぇ……」

馬鹿馬鹿しいと思いつつ、雅孝はその存在を無視することができなかった。

「ただいま」

結局、雅孝は催眠装置を持ち帰り帰宅した。

「おかえりなさい……いつもお仕事お疲れさま」

帰宅した雅孝を、美涼は自然なかたちでねぎらう。雅孝はその言葉に感謝しつつ、妻との時間へと入っていくのだ。

「ご飯にする？　それともお風呂にする？」

「そうだな……それじゃあ、先に風呂から入るよ」

「あ、実家からおすすめの入浴剤を貰ったから湯船に入れておいたの。足元滑るかもしれないから、気を付けてね」

「わかった」

美涼は先んじて雅孝の喜ぶことをやってくれる。そんな彼女に雅孝は頭が上がらなかった。専業主婦だが、本当に自分にはもったいないくらいにできた嫁だと思っていた。

雅孝は湯船にゆっくりと浸かり、昼間の疲れを洗い流した。それから、雅孝は美涼と夕飯を食べる。

「ねぇねぇ、聞いてよ！　今日は天気がよかったから、隣町のスーパーまで歩いたの。久しぶりだからちょっと疲れちゃったけどね」

「隣町のスーパーって、ベルモットだっけ？　へぇ、健康によさそうだな。けっこう距離もあったろ？　んっ……んまい」

「うん。あ、その煮物ちょっとだけ味付け変えてみたんだけど、よくできてると思わない？　自分でも、いい感じにできたの」

「ムグムグ、うん……いいと思うよ」

雅孝が料理の感想を言うと、美涼の顔がぱっと明るくなった。

「隠し味にちょっとだけショウガを入れるのがコツなの」

「へぇ、ショウガか。だからあったまるんだ」

「最近、喉風邪が流行ってるみたいだから。喉が痛かったりだるかったりしたら、無理しちゃだめよ？　いーい？」

「風邪か。たしかに会社でも流行ってるな。俺も気を付けるよ」

テーブルをはさんで、穏やかな会話を交わしながら、雅孝は妻の手料理に舌鼓を打つ。

「そういえば今日、あなたの同僚の金田さん？　帰りに見かけたわよ」

「そうなのか？　まあ、営業周りで午後は外だったからなぁ」

「そうなの……うーん。それがね、駅前のパチンコ屋さんから……」

「あの野郎、ぶっ殺してやる！」

後輩がサボっていたというのなら、雅孝は鬼にならなければならない。先輩として、社会人として、当然のことだ。

「ちょ、ちょっと待って！　いや、あのね！　もしかしたら、おトイレかもしれないし」

「美涼……せめて、痛みを感じない程度には情けはかけてやるから安心してくれ」

「あ、はは……。あなた、どうかお手柔らかにね」

「くっ、だから俺は……ぐぬぬ」

後輩のしりぬぐいは先輩の仕事であり、雅孝はこのあとに面倒なことに巻きこまれるような予感がしてしまったのだった。

「うんうん、大変そうね。がんばれがんばれ♪」

美涼が困ったような顔で笑う。

「ま、いいか。金田には明日にでもひと言言っておくよ」

「ええ、そうね……。あっ、おかわりいる？　今なら特別キャンペーン中だから、私が二杯目のおかわりをよそってきてあげるわっ♪」

雅孝が催促するより先に、空になった茶碗を手に取って、美涼はニコニコと笑顔で炊飯器のほうへと向かう。

「ん、ありがとう……。期待に応えられるように頑張るよ」

「あ、でも、本気で辛かったら早く言わなきゃダメよ？　そのときは私もパートでもなんでもするからね。あなただけが責任を感じる必要なんてないんだから。大変なら私を頼ってくれなきゃダメだよ？」

半分ほどご飯をよそった茶碗を手にしたまま、まっすぐに紡がれた彼女の言葉は想像以上の破壊力で雅孝の心を揺さぶった。今すぐにでも抱きしめたい衝動に駆られる。

「そうだな……そしたら、よろしく頼むよ」

「そのときなんて来ないのが一番だけどね……はい、おかわり」

「そりゃそうだ」

苦笑しながら雅孝は茶碗を受け取った。

「ま、私はあなたが平穏無事にいてくれるならそれだけで十分に……あーーっ⁉」

急に美涼が大きな声を出した。

「い、いきなりどうした⁉」

「洗濯機！　洗剤を入れ忘れたまま回してたぁっ⁉」

「なんで⁉」

「きょうど洗剤がなくなったから詰め替えてたのー！　すぐ入れたら大丈夫だと思って後

回しにしてたのぉっ！」

洗濯機を回し始めたのは雅孝が帰ってきてから。それから雅孝は風呂に入り、こうして夕飯を食べている。おそらく三十分は前だろう。

「今すぐ入れれば間にあうかな⁉」

「どう考えても間にあわんだろ」

「あー、うー、だよねー、そうだよねー……。はぁ……。またあとで回さないとなぁ……二度手間だよぉ……。今日こそはノーミスでいけると思ったのにぃっ！」

小さなうっかりにガックリと肩を落とす美涼。

「ま、こういう日もあるさ」

雅孝は、本人には悪いが微笑ましく眺めていた。


さほど起伏のない雅孝の日常は、胸を張って幸せと言えるものだった。

しかし、そんな日常に非日常を与えるような催眠装置なるアイテムが、雅孝の好奇心をくすぐり続けていた。

「……見るだけ。見てみるだけだから」

食事を終えた雅孝は、リビングでノートパソコンを開いていた。

自分でもバカなことをしているという自覚はあったが、好奇心と性欲には勝てなかった。

雅孝は、金田から送られてきた催眠装置のマニュアルがあるウェブページへ飛ぶ。

「野々宮技研《ののみやぎけん》、ねぇ」

物の数秒で表示されたシンプルなページ。そこには、凄そうな言葉を並べたてまくったかくも胡散臭い商品の数々があった。

普段なら無視するだろう怪しさ満点の内容だが、値段設定は絶妙で一般人にも普通に手が出せる価格になっている。

効果がなかったら返金ありとも書いてある。よほど自信があるのだろう。

「催眠……催眠かぁ……」

一度くらいなら騙されてもいいかもしれない。雅孝がそう思ったとき、

「なに調べてるの？」

部屋に戻っていたはずの妻の言葉に、雅孝はとっさに画面を変えた。それは、いかがわしいサイトを見ていたときにふらっと親が部屋にやってきた思春期の少年のような素早さだった。

「あ、ああ、いや……。なんでもないっ……！」

「……仕事関連とか？」

「あー……仕事ではないな、うん」

「そ。じゃあ、趣味関連？」

「ま、まあ、そんなとこだな、うん」

じーっと、ジト目の美涼が雅孝を見つめる。

「も、黙秘権っ、黙秘権をっ！」

「……ま、べつにいいけどね」

先んじた雅孝の言葉を受け入れて、美涼はそれ以上の言及をしなかった。美涼も、本気で雅孝に尋問するつもりがなかったのだろう。ひとまず安堵する雅孝だった。

「ち、ちなみに、いまさら、なんだけどさ……」

「なに？」

「美涼って……こ、コスプレって興味あったり、する？」

だからこそ、雅孝はある種の可能性を感じてもう一歩先へと踏みこんでしまった。

「もしかして、そういう衣装とか買ってたの？」

美涼がまたジト目で雅孝を見つめる。失敗だったと雅孝が思った頃には遅かった。

「あっ、いやっ、聞いただけっ、聞いてみただけだっ！　買ってないっ！　さすがにまだ買ってはいないからなっ⁉」

「まだってことは、そのうち買う予定があるってこと？」

「やっ、待った、待ってくれっ！　弁解をっ、弁解する時間をくれっ！」

冷たい視線に耐えきれなくなって、雅孝は再び慌てだす。

「…………ぷふっ」

その様子に、美涼が小さく噴きだした。

「ふふ、あはは、動揺しすぎでしょ。どうせカタログを見てたとかそういう感じでしょ？」

「あ……ああ……。うん、まあ……」

これ以上藪を突いて蛇を出すわけにはいかない。出てくるのは蛇ではなく鬼かもしれないからだ。雅孝はこの話題の着地点を見極める。

「べつにそういうモノを見ていたくらいで、いまさら怒ったりしないわよ。子供じゃあるまいし。それに、男の人の趣味嗜好にたいして、外側から余計な口出しをするのは野暮ってものでしょうしね」

微妙に勘違いされている気がするのが引っかかるが、なにを見ていたかまではバレていないようだった。雅孝は動悸をおさえて平静を装う。

「ち、ちなみに……もしもだけど……」

「ああ、うんうん、言ってごらん。あなたの趣味を真っ向から否定するつもりはないし、とりあえず聞くだけなら聞いてあげることはできるから」

思春期の親戚を相手にしているような表情で美涼は答えた。

「もし、そういう感じの、衣装？　が手に入ったとする」

「たとえば？」

「じゃあ……学生服とか、メイド服とか？」

「うんうん、そういう服が手に入ったときに？」

「それを着てくれって俺が言ったら……？」

「私が学生服を……着るの？」

美涼の顔がかーっと真っ赤になる。

「ちょっ⁉　無理無理無理無理っ！　絶対無理ぃっ！」

圧倒的な早口だった。両手でばってんを作って美涼は断る。

「だ、だよねー……」

取り付く島すらなかったのは、雅孝の予想どおりだった。

「今日……迷ってたように見えたのは、そこ？」

「えっ、あっ、まあ……うん。余計な心配かけたな」

雅孝は「趣味嗜好で悩んでいた」ということで話を終わらせる。催眠装置のことは届いてから説明することにした。

「べつにいいわよ、これくらい。……夫婦なんだから。なにか悩み事とかあったら、ちゃんと説明してくれなきゃダメよ？」

相変わらず美涼は優しく微笑んでいた。

「ひとりで抱えこんだりしちゃダメよ？　頼ってくれなきゃイジけちゃうからね？」

「イジけるって……」

「冗談よ……でも本当に、悩み事があるなら相談しなきゃダメだからね？」

「ああ、そのときは頼らせてもらうさ」

「ん、ならいいけど……ぁふ」

かわいらしい欠伸をすると、美涼はくすりと笑った。

「それじゃあ、私は先に寝るけど……。あなたも、あんまり夜更かししないようにね」

「ああ、おやすみ。美涼……愛してるよ」

「私も愛しているわ……あなた」

優しい言葉をかけて寝室へ戻っていく美涼を雅孝は見送った。


雅孝も寝室へ行き、美涼と同じベッドに横になる。隣では美涼が寝息を立てている。

「……やばいな」

夜に食べた豚肉が効いているのか、雅孝の股間は臨戦態勢だった。隣からは性欲をそそる甘い香りが漂ってくる。美涼が息をするたびにパジャマの胸元から覗く谷間がたわむ。その存在感は雅孝の視線を釘づけにしていた。

「んぅ……ん……？」

雅孝の視線に美涼も気づいたのか、うっすらと目を開けた。

「どうしたの……？　明日も早いんだから……。早く……寝なきゃ……ダメじゃない……」

ふたりとも、まだまだ十分若いと言える年齢だ。

性欲だって全く枯れたわけではない。

美涼にいたっては、結婚して時間が経つにつれて色気が熟してきた感じがあると雅孝は思っている。

「な、なあ……その、さ……」

だから、雅孝は手を伸ばす。しかし、

「や……ダメ……」

伸ばした手は、やんわりと拒絶されてしまった。

「明日も仕事だから、ダメ……。時間があるときに、余裕があるときに、ね……？」

子供をあやすような口調で言われると、雅孝も言葉が出なかった。

「大丈夫よ……私は逃げたりなんてしないから。時間があるときに、ゆっくり愛しあいましょう……ね……？　だから……今日はもう眠って、明日に備えましょ……ね？」

「……そう、だな」

年を重ねたからこそ出る理性と常識とが雅孝の行為を邪魔していた。まだまだ若いといっても、本能にすべてを任せられるほど若いわけではない。我慢の大切さを知っている大人になってしまったからこそ踏みこめない。

「ん……おやすみなさい……あなた」

また寝息を立て始める美涼の隣で、雅孝は気づけば生殺しだった。

下半身のテントだけが空しく悲しい。

手が届く存在なのに、愛しあっている関係なのに。傷つけたくない、嫌われたくない、臆病が待ったをかける。

「……俺とのセックスが気持ちよくないのかな」

雅孝は、美涼が行為自体に興味を持っていないのかもしれないと考えた。だとしたら、これからも、このような生殺しの日々が続くのかもしれない。

そんなことを想像したら、雅孝の中でなにかの糸が切れた。

「……嘘なら、笑い話にしたらいいだけだよな」

雅孝は、金田から受け取った装置を使うことに決めたのだった。


催眠装置を使うことに決めた雅孝だったが、問題はそれをいつ使うかだった。そうこうしているうちに数日が経ってしまう。会社では毎日のように金田が催眠装置の感想を聞いてくる。使うと決めたのだから、ひと思いに使ってしまいたいが、やはり慎重になっていた。

「……私の顔になにかついてる？」

「……えっとぉ!?」

思わず美涼の顔を見つめすぎていたようで、美涼が雅孝に尋ねる。そのときに、美涼は雅孝の手に見慣れない装置があることに気づいた。

「あら？　これなぁに？　ゲームのコントローラー？」

「……さ……催眠装置」

首を傾げた美涼に、雅孝はそのときの気持ちを嘘偽りなく白状してしまった。

「えっ、なにそれ？　催眠装置？」

美涼はぽかんとした表情を見せた。

「あなたはだんだん眠くなるーっとか？　まさかねぇ……いくら私が騙されやすいからっ

てそんなの効くわけないでしょ。で、本当はなんなの？」

「だからさ……催眠装置だよ」

美涼は信じていない様子だったが、雅孝が持っている装置は催眠装置としか説明のしようがないものだった。

「その催眠装置ってなにに使うの？　手品でもするの？」

「あー、なんというか……対象の相手に催眠をかけることができるっていう装置らしい」

「相手に催眠をかける装置……？」

美涼の反応は雅孝の予想どおりだった。雅孝も、金田から催眠装置の話を聞いたときは同じような反応をしていた。きっと誰だってそうなるのだろう。にわかに信じられることではないのだから。

「相手に……催眠をかける……装置……」

美涼は言った言葉を何度も繰り返していた。

「ちょっと聞いてもいいかしら？」

「あ、はい、どうぞ」

「あなたはこの装置を、どこの誰に使うつもりだったのかしら？」

言葉を整理するような沈黙のあと、雅孝は美涼にいぶかしげな表情を向けられた。

「えっと、それは……」

平静だった美涼の言葉に若干トゲが混じるのを雅孝は察した。ここまでの説明で、この装置がどんな事情で、どんな目的で購入され、使用されようとしているのか、理解しろというのは無理がある。雅孝は説明を求められるが、美涼が納得してくれそうな説明が思いつかなかった。そもそも堂々と説明できる関係性なら手を出していない。

「さっきのあなたの説明を聞く限り、明らかにこれって人に使う目的があるのよね？」

「……まあ、はい」

「ふぅん……人に言えないようなことをするために……。ねえ、まさか犯罪⁉」

「いやっ、そうじゃないっ！　断じてそうじゃなくだなっ！」

雅孝はこの催眠装置についてきちんと説明する必要を感じた。誤解されるのは雅孝の望む展開ではない。ふたりで楽しむために購入したのだと、きちんと説明するのは夫婦としての最低限の礼儀であり義務のようなものだろう。

「み、美涼にっ！　美涼に催眠をかけて、エッチになってもらおうと思ったんだよ！」

ただ、混乱していた雅孝は即座に論理的な口実が思いつくはずがなく、口から飛び出していたのは根本にあった不満と希望だった。

「え？　え？　え？　さ、催眠で？　エッチって⁉　はいぃっ⁉」

ジト目だった美涼の瞳が大きく見開かれ、わかりやすく驚いた顔になった。怪我の功名か、言葉と本音は伝わったようだった。

「だ、だって、俺もっと美涼とセックスしたいのに、美涼はあんまり俺とセックスしてくれないしさっ！」

この隙を逃さず、雅孝は一気に攻め入った。

「め、めちゃくちゃエロい身体してるのにっ！　男を誘ってるとしか思えない身体してるのにっ！　なのにエロいことさせてくれないとかひどくない⁉」

正攻法が活路とわかったのなら、もはや雅孝にとまどいはない。そもそも、催眠装置がバレた時点で恥も糞もない。

「ぶっちゃけ性欲とかめっちゃ滾ってたりするのに！　でも美涼が傷つくようなことは絶対にしたくないわけでっ！　美涼もセックスで気持ちよくなれてないみたいだし、この装置でセックスがとてもいいものだってことをあらためて知ってほしいわけでっ！　性の不一致やセックスレスは離婚理由になるとかっ！　そういうの聞けば聞くほど今のままじゃね、いけないって、思ったわけさっ！」

「せ、セックスレスって……べつにそのっ……！　シてないワケじゃないんだし……もっとシたいなら、その口で言ってくれたら、わ、私だって……その……あう……」

連続で畳みかけられる雅孝の言葉に対して、美涼は顔を真っ赤にして譲歩しようとしている。

「それにっ！　もしもこの催眠が本物だったらっ！　美涼は絶対に受け入れてくれないエッチなプレイっ！　すなわちコスプレエッチなんかもできると思ったんだよっ！　俺がコスプレが好きなのは美涼も知ってる！　でも、美涼は普通に誘っても絶対にシてくれない！だからこそ、最後のチャンスにこれに頼った……オッケー？」

「こ、コスプレって……。それはだって仕方ないじゃない。……恥ずかしいものは、恥ずかしいんだから……」

羞恥《しゅうち》に顔を赤くしながら、美涼の語気はだんだん弱まっていった。

「それでもやっぱり無理強いはさせたくないから！　なにかいい方法はないかなって考えた結果がコレなわけで！　結果が出ていないうちから結論を出すの早すぎると思うんだ！　わかるかい美涼！　余裕そうに見えて、けっこうギリギリなんだ！　今の生活に不満はないけど張りと癒しが欲しいんだ！　具体的には、もっと美涼さんとイチャラブしたい！」

「い、イチャラブ⁉」

「美涼、どうか！　どうかこのとおりだ！　俺と俺のチンコのために、コスプレをしてくれないかっ！　頼むぅっ‼」

「ちょっ⁉　なんで土下座⁉　ちょっとあなた、やめてよっ、ねえってばぁ‼」

「頼むっ！　頼むよ美涼！　コスプレをっ！　コスプレをしてくれぇぇーーっ‼」

「も、もういいっ、もういいからっ⁉」

雅孝は怒涛の勢いで本音をぶちまけた。美涼は慌ててその言葉を遮る。

「わかって、くれた……？」

「わかったっていうか、ちょっと待って。もっかい頭の中でしっかり整理する」

そうして、美涼はしばらく考えて、小さくうなずいた彼女の頬は、若干ではあるがほんのり赤くなっていた。

「……つまり、あなたは、私とエッチしたくて、我慢できなくなり……その結果、この催眠装置を使おうと、そういうことなの？」

「ありていに言えば、そうなります」

思いが通じた。それがひと目でわかる恥じらいの表情を前に、雅孝も喜びを隠せない。

「はぁあああああああああ」

しかしその直後、美涼は落胆と唖然と疲弊とが入り混じった深いため息を吐いた。

「あなたって……もしかしてバカなの？」

「おう、バカだっ！　美涼とコスプレエッチできるなら、俺はバカになってやろう！」

雅孝はすっかり開き直っていた。

「ばかばかばかばか！　ほんとばーかっ！」

あきれ顔になった美涼の口から、激情とともにボキャブラリーの貧弱な罵倒が飛び出す。

「フッ、気が済んだか？」

「なにが『フッ』よ！　全然かっこよくなんかないからねっ！」

小学生の口喧嘩と変わらないやりとりをしながら、雅孝は美涼を納得させられるだけの理論武装がないか考えていた。

「俺はもっと美涼とエッチがしたいし、コスプレもしてもらいたいと思っている！　それを今まで隠していたことは悪いと思っているが……それ以外に悪いと思っていることはなにひとつない！」

「……言い切ったわね、このバカ亭主」

胸を張る雅孝に対して、美涼はまた冷ややかな視線を向けた。

「だ、だってぇ……だってさぁ……エッチだって俺はもっとシたいって思ってるし、美涼に気持ちよくなってほしいって思ってるのにさぁ……」

「泣くんじゃないのっ！　大の大人が恥ずかしい！」

続いて、雅孝は泣き落としに入る。

「昨日だって言ったけど、明日も早いからって断られたもん」

「うぐっ……えっと、あれは……そのぅ……ご、ごめんね？」

すっかり恥など捨てた戦い方をする雅孝。美涼の罪悪感をくすぐることに成功した。

「いや、何事もタイミングはあるから。そういう意味では、仕方ないと思う。でもさ、美涼のほうからはほとんど誘ってこないし、セックス自体も凄く淡泊で、回数も減ってきているし。このままセックスレスになっていくのかなって考えたら、仕事のほうも手につかなくなってきてるような気もするし……あー、明日仕事行きたくなくなったかも」

「いや、お仕事はちゃんと行きなさいよ。それに明日はお休みでしょうが」

さらに追いこみをかける雅孝に、美涼の冷静なツッコミが突き刺さる。しかし、雅孝はここを押し切ればいけると判断した。

「あとは……」

「あとは……？」

「やっぱり、愛しあって夫婦になったんだから、ずっと変わらず愛したいし、愛されたいなぁって。そう思っちゃうんだよ」

美涼のあきれた態度が普通だと知っているからこそ、自分が間違ったことを言っていないと断言できるからこそ、雅孝はそれ以上言うことができなかった。

「……はぁ。一回だけだからね」

雅孝が美涼のほうを見ると、困ったような笑顔を浮かべていた。

「……使うのは一回だけ。それで終わりだからね」

雅孝は耳を疑った。美涼が提案を受け入れると言ってくれたことが信じられなかった。

「いいの⁉」

「三回も言わないから！」

美涼は目を泳がせながら、ゆっくりと言葉をつづけた。

「わ、私だって、一応は……せ、責任は、感じてる。……それだけの話よっ！」

そして、ぷいっと視線を外して寝室へと消えていく。

「……とりあえず、第一段階は成功ってことでいいのかな？」

最初の勝負の土台に立てたことに対し、若干の不安と期待を抱きつつ雅孝も美涼を追って寝室へと向かった。

夫婦の寝室はいつもと違った緊張が場を支配していた。

ベッドに腰かけた美涼は、うつむき加減でちらちらと雅孝を見る程度だ。

「だ、大丈夫だから。マズそうだったらやめるから」

「べつにそこまで心配はしてないわよ」

お互いに半信半疑のまま装置を使うのだ。不安を感じないほうが無理な話だ。

「……あなたが私にひどいことをするなんて思ってないもの」

それでも、美涼は雅孝を信じていた。装置は信じられなくても、これまで一緒に過ごしてきた夫のことなら信じられる。

「今回だって……元をたどれば私にも原因があるみたいだし。あなたをこんなに追いこんでいたなんて、本当に知らなかったもの。責任くらい感じるわよ」

「美涼……」

「それに……は、恥ずかしいけど……。そんなに求められているなんて、嬉しいし。あなたと愛しあいたいのは、私だって一緒だし」

美涼も多少の負い目を感じているらしく、ぶつぶつと小声でまるで自分に言い聞かせるように話す。雅孝は催眠装置抜きにしてこのまま抱きしめたいような衝動にかられていた。

「で、でもこれっきり！　こんなこと、一回だけだからね⁉　成功しても失敗しても一回は一回なんだから！　今回だけ！　いいわね⁉」

美涼はこれまでの恥ずかしさを紛らわせるように勢いよくまくしたてる。

「あ、ああ」

雅孝は一度きりだという口約束を交わす。

「それで、私はなんの衣装を着ればいいの？」

「……はい？」

「えっ、だってコスプレしてセックスするんじゃないの？　私、てっきりそう思っていたんだけど……」

「……あ。あ、あ、あああああああーーーーっ！」

装置を起動する直前になって、雅孝はとても重大なことに気づかされた。

衣装を用意していなかったのである。

「……はぁ」

「だってぇ！　ごんなにずぐに着でぐれるなんで思わながっだんだもんーーーーーっ！」

「泣かないでってばっ！　ないものはしょうがないでしょ！」

「うぅ……でも……これっきり……これが最初で最後……」

泣いても笑っても（現在泣いているが）、催眠装置を試してエッチをするのは今回だけだ。

「……しょうがないから、今日はコスプレなしでやりましょ？　それに、まずちゃんと動くか動作確認とかしなきゃダメでしょ？」

「じゃあ……今回はノーカウントということで……」

「それは……」

「うううっ……！」

「ああっ、泣かないでってば！　わかった！　ノーカウント！　今回はリハーサル！」

「みしゅじゅぅ……ありがどぉ……」

雅孝の涙の訴えが効いて、今回はリハーサルということになった。

「……はぁ」

また大きなため息を吐いた美涼は、夫にあきれたのか自分にあきれたのかもうわからなくなっていた。

「で、スイッチ入れた？」

「……うん」

「はいはい……で、私はどうすればいいの？」

説明書のとおりに、美涼には催眠状態になってもらう。

全身の力を抜いてもらい、水の中をイメージして、ゆったりと眠りにつくような感じを想像してもらう。そうしているうちに、雅孝はちょっとした違和感のようなものを覚えた。

緊張で張りつめていたはずの空気がとたんに緩和したような感覚。まるでその場から美涼が消えたようなちょっとした喪失感。

「えっと……起きてるか？」

「……………はい」

美涼に声をかけると、ぼんやりとした返事が返ってきた。呼吸は眠っているかのように穏やかだが、纏《まと》っている空気が明らかに異なっている。雅孝は、目の前にいる女性が「妻の形をしたなにか」のようにすら覚えた。

「かかった……のか？」

雅孝は美涼に指示を出す。

「えっと……美涼、さん？　右手を、上げてみて？」

「………はい」

雅孝が声をかけると、美涼はすっと右手を挙げた。躊躇《ためら》いなく右手が上がった。雅孝はしばらく手旗信号のように手をパタパタと上げ下げさせた。美涼は間違いなく手を動かしている。

たしかに雅孝の指示どおりに動いている。だが、雅孝にはこれだけで成功と判断することができなかった。

「よし！　美涼……エロくなって俺にエロいことをしろ」

そうなれば、雅孝は普段の美涼なら絶対にしないような指示をすることにした。一気に踏みこんだ発言だが、これくらい過激な内容ではないと本当の効果を確認できない。

「……わかった」

雅孝は耳を疑った。美涼はたしかに「わかった」と言った。普段なら、顔を真っ赤にして指で「×」を作って「無理！」っと一蹴しそうな要求だというのに。

「私……あなたにエッチなこと、しちゃうね……」

おもむろに立ち上がった美涼が、妖艶な笑みを浮かべて雅孝の肩にそっと手を置いた。雅孝のほうが妻の変貌に驚いているうちに、雅孝は優しくベッドへと押し倒された。

「んふふ……エッチなこと、たっぷりしてあげる♪」

美涼はオスを誘惑する濃艶な眼差しで雅孝のことを見つめた。まるで別人のような色気を纏う妻に戸惑いつつ、雅孝は身をゆだねる。

「んちゅぅ……ちゅぷぅ……」

美涼のほうから唇を重ねたかと思うと、すぐさま舌先が雅孝の口腔へと潜りこむ。自分の唾液を雅孝に飲ませるように、ねっとりとした唾液に包まれた舌が雅孝の舌と絡みあう。身体を密着させて、爆乳を大きくひしゃげさせる。雅孝はパジャマ越しに美涼のやわらかさと、興奮の突起を感じた。

「んん……ちゅ、ちゅ……んちゅぶ……」

覆いかぶさって濃厚なキスを続けながら、美涼は身体をくねらせた。柔らかい肢体に雅孝の肉棒が刺激され、ムクムクと硬度を増していく。

「くす……キスだけで勃ってきちゃった？」

「あ、ああ……そりゃ、まあ……」

唇を離した美涼が小さく笑う。

「じゃあ……こっちも気持ちよくしてあげる」

ゆっくりと美涼の身体が雅孝の股間へと向かう。パンツの中に手を突っこんで、滾った肉棒を取り出した。

「ガッチガチだぁ♪」

微笑む美涼は、どこか嬉しそうだった。

「うふふ、あなたのココ、お風呂に入ったのに凄く濃い匂いがする」

すんすんと鼻を鳴らして、勃起から香る夫の匂いを堪能する美涼。いたずらっぽい笑みを浮かべながら竿をそっとさすする姿は、普段の彼女からは考えられない光景だった。熱を帯びた吐息で亀頭をくすぐられると、雅孝はぞくっとするような快感に腰が跳ねてしまう。

「息を吹きかけただけなのに……本当に敏感なのね。大丈夫。そんなに切なそうな顔しなくても、ちゃんとあなたの期待には応えてあげるわよ」

母性を感じさせる柔らかな笑みを浮かべて、美涼はわずかにリップの艶が残った唇から真っ赤な舌をのぞかせた。

「ん……れろ……れろぉ……」

たっぷりの唾液にまみれた舌が、雅孝の硬く張った亀頭をなぞる。

「いい反応ね……んれろ、れろ……ぺろ、ぺろん……。くすっ、初めて舐めたけど……不思議な味がするのねぇ……んちゅっ」

雅孝にとって、美涼からのフェラチオは初体験だった。舐めてほしい、なんて言おうものなら、美涼は顔を真っ赤にしてすぐ話題を逸らしていたからだ。けっきょく、今の今まで、雅孝は美涼のフェラチオを知らずに過ごしてきた。

「しょっぱくて、汗臭くって、硬くって……れるっ。でも、想像していたより……嫌な感じはしないかも……。それに……れろ、れろ……なんだかイキモノみたいに、ビクビクってしているわ……」

自慢の貞淑な妻が、催眠による後押しもあるものの、自ら進んで性器を舐めてくれているという光景は、雅孝の興奮に拍車をかけた。

「ん……先っぽのところだけじゃなくて、んちゅっ、ほかのところも……やったほうがいいのかしら……？　ぺろぺろ……ン……やっぱり、感じる場所が違うのね……」

雅孝の反応をちらりちらりと伺いながら、美涼は積極的に柔らかい舌を動かして肉棒に奉仕をつづけた。

「先っぽより、んれろっ、根元に近いほうが……味も匂いも強いわ。れるっ。こうして舐めているうちに、匂いも強くなってきて……れろ、れぇろ……さっきより、硬くなってきているみたい……。くすっ、気持ちいいの？」

悩ましげな吐息混じりに美涼が雅孝に尋ねる。雅孝は妻の問いにうなずくことしかできなかった。

「ねえ、どこが一番気持ちいい？」

「へっ⁉」

「先っぽ？　エラのところ？　それとも、尿道の部分？」

「そ、それはっ……⁉」

雅孝はすっかり美涼に翻弄されてしまっていた。まるで小さな淫魔のような、あどけなくも淫靡な視線を向けて、美涼は肉棒の様々な部位を舌先で責めたてる。美涼の口からも粘度の高い唾液が分泌されて、舐めまわすたびに粘着質な水音が立つ。

「ねえ……どこを重点的に責められてイキたい？　どこを入念に舐められて射精したい？　あなたが最高に気持ちよくなれるところは、どぉこ？」

「えっと……」

「もう、早く言わないと口じゃなくて手で擦ってイかせちゃうけど、いいの？」

「ぜ、全部っ……！」

雅孝は我慢する猶予すら惜しくなって、美涼がもたらす快楽を本能のままに受け入れた。

「あら、わがままなこと。でも、そうね……愛する旦那様のお願いだもの。ちゃぁんとお望みどおり全部でイかせてあげる♪」

美涼はまた優しい笑顔を見せて、舌全体を使って竿を舐る。パンパンに張りつめた肉棒を舐められる快感が、時折漏らす美涼の甘い声とともに身体に染みわたる。

「ん……んふふ……。根元の部分も、キレイに洗わないとダメじゃない……ぺろん。エラのところだって……んちゅっ、汚れが、たまりやすいんだから……れろ、れろ……普段からちゃんとしなきゃ……。先っぽのとこなんか、特に……ンッ、カウパー……どんどん溢れてきた……ん、れるっ」

初めてだけあって、美涼の舌遣いは丁寧だがAVなどに比べれば当然拙い。しかし、だからこそ生まれる背徳感と興奮が雅孝の快感をより膨らませる。

「我慢できない？　うふっ、あなたの必死になっている顔をこうしてマジマジと眺めながらするのって、凄く新鮮かも」

文字どおり、美涼は雅孝の弱点を握っている。

雅孝はそんな妻の表情を見て、妻と同様に、新鮮な気持ちと快感に震えた。

「そんな顔をしてくれるなら……私だって、イロイロしてあげたくなっちゃう」

淫靡に濡れた口をおもむろに開いたと思えば、次の瞬間には、肉棒は美涼に咥えられていた。雅孝の下腹部を生々しい感触と、挿入とは似て非なる快感が襲う。

「くぁっ、美涼、なにを……」

「んっ、ちゅぶっ、なにって……？　ひゃて、なにをひてるでひょうか？」

亀頭の大部分を口に頬張る美涼が、もごもごと唇を動かす。そのたびに甘い快感が下半身から伝播する。

「み、美涼、そんなのどこで覚えてっ……！」

「なにも知らない子供じゃないんだから……んむっ、じゅぷっ、やり方を知っていれば、なんとなくできるわよ……ぐぷっ、ぐぷっ、じゅちゅちゅっ」

美涼は目を閉じて肉棒を味わっている。口内粘膜は肉棒にぴったりと密着して、断続的だった快感が連続的になって雅孝の理性を蕩けさせる。

「んぅ、苦いし……しょっぱい……。んじゅっ、んじゅっ、ろぉ、かひら……？　初めてなんらけど、ひゃんと、気持ちよくれきてる？」

「あ、ああっ……！」

雅孝はなんとか返事を返すのでやっとだった。快感に対して備えることもできないままに、ただ雅孝は美涼の口淫に流されていく。

「んっ、んっ、ぐぷっ、ぐぷっ、じゅるっ、じゅるるぅっ！」

「くっ、うう……待ってくれ、美涼。そんなにされたらっ、すぐに出ちゃうから……」

「んぅ……？　じゅぷっ、らいびょうぶよぉ。いつれもぉ、出ひていいからねぇ」

美涼は熱心に頭を振って、唇を使って竿をしごくように刺激する。口の端からあふれる唾液で、雅孝の竿はベトベトになっていた。甘美すぎる刺激に、雅孝は美涼に弱音を漏らしてしまうが、それも彼女に呑みこまれてしまう。

「んっ、ふむぅ……。まら、ナカれ、おっきくなっはぁ……。んふぅ、そんらに気持ちいいなら……じゅぷっ、わらひも、もうちょっと、がんばるはら……」

美涼の口内で舌が動き、亀頭を舐りまわす。雅孝からはたまらず情けない悲鳴が飛び出して、腰を浮かせた。

美涼は舌だけでなく、竿までしごいている。唾液まみれの竿が細い指先に包まれて、上下するたびに水音が響く。性器に与えられる快感と熱心にフェラチオを続ける妻の姿に、雅孝も限界が近づいてきた。

「んっ、ふぅ……ビクビクひてるわね……。咥えたまま、もっろ、ひてあげるっ……」

「み、美涼っ……」

「んんぅ？　んふぅ、じゅる、ぢゅぷんっ。んんっ、ぢゅぷっ、ぢゅぷっ、ぢゅぷっ！」

しっかりと亀頭をホールドするように吸い付かれ、エラや裏筋を丹念に舌で舐られる。雅孝は、下半身で渦巻く射精感が一気に解き放たれてしまうのを止められなかった。

「も、もぉ……出るっ……！」

「んふぅっ……⁉」

びゅくん！　美涼の口の中で肉棒が跳ねる。

「んんんぅっ！　んむぅうぅぅっ！」

数珠玉のような精液を美涼の口内に注ぎこむ。強烈な快感が雅孝の腰を暴れさせる。

美涼は吐き出される白濁を、わずかに顔をしかめつつもゴクゴクと飲みこむ。

「んっ、んっ、んぐ……んぐぅ……。んっ、んっ、んぐっ……んふぅ……」

射精が終わるまで、美涼は雅孝に食らいついていた。そしてようやく唇を離す。

「ん……くちゅ、くちゅ……。ネバネバが、口の中に残ってる……ん、んん……」

身体を火照らせて、美涼の額にはしっとりと汗が浮いていた。口の中にたまった精液を転がしながら味わう姿に、雅孝はますます興奮してしまう。普段からは考えられないくらい艶めかしい姿に、再度血液が下半身に集まっていくのを感じた。

「……まだ、出てる」

美涼がまた肉棒に吸い付く。柔らかい唇で鈴口をついばむ。残った精液と濡れた亀頭を舌で丹念になめとった。

「……ねぇ、まだ、イけるわよね？」

小さくささやいた美涼の言葉は、雅孝の頭に簡単に入りこんだ。

怖気にも似た背徳と興奮が雅孝を支配する。流されるままに雅孝はうなずく。

「ちゅぷっ、んっ、んふぅ……さっきよりも濃い味……ン、れるぅ……」

射精したばかりで敏感になった竿を、美涼の舌と口腔が責めたてる。ますます量を増した唾液によって、舌はよりねっとりと雅孝の性感帯を蕩かせる。

「んっ、んっ、ぐぷっ。あと、どれくらいヒたら、打ち止めになるのかひら……。んふ、試しに徹底的にヤってみるのも……んれろっ、楽しそう、かも……」

性的な好奇心をむき出しにした言葉は、絶対に普段の美涼の口からは出てこないだろうものだった。上目遣いで妖艶に笑う顔は、催眠がなければ一生かかってもお目にかかれない姿だったろう。

「んふ、ひどい顔してる」

「はぁ、はぁ……。腰が、抜けそう、だ……」

「とってもカワイイ顔よ……ちゅぶっ、そういえば……あなたのこんな顔を見るの、初めてかも……んっ、ちゅっ、ちゅっ、れろれろ……」

「なんで……ここまでやってくれるんだ……？」

それは雅孝の催眠のせいなのだが、大きな快感にもまれているうちに、雅孝は催眠をかけたことなどすっかり忘れてしまっていた。

「そんなの、簡単なことじゃない……。ちゅっ、あなたに……もっと気持ちよくなってほしいからよ……。ちゅぶっ。それに……ふふっ、あなたの喜ぶ顔が、もっと見たいから」

「……っ！」

催眠込みの返事ではあったが、その言葉は、間違いなく美涼の本心だった。不慣れながらも愛情たっぷりにフェラチオしているのも、美涼の深層に眠っている雅孝への想いの表れなのだ。

「んふふ……まら、硬くなった……」

そんなけなげな姿を見せられれば、雅孝の美涼への愛情は肉棒が体現する。

「んちゅっ、本当、気持ちいいんだぁ。やった甲斐があるわね……ちゅぶ。今度もいっぱい気持ちよくなってね……れろぉ……ちゅ、んちゅぷ」

再び亀頭全体が美涼の口腔に包みこまれた。腰が砕けそうな猛烈な快感が雅孝の頭を埋め尽くす。少しずつ美涼も口淫に慣れてきているのか、手コキとフェラチオが与える刺激は先ほどのそれよりも過激になった。

「あうぅ……！　くっ、んぐぅう……」

「んっ、ぐぶっ、ぐぶっ！　ビクビクしてる……いいわよ……思いっきり……。んっ、わらひのくひで、気持ちよく、なっれ……。れも、イクときは……ひゃんとイクって、言ってから……ね……？　んちゅぶっ」

深々と肉棒を咥える美涼が、頬をすぼませて吸引する刺激まで与える。雅孝はただ無様に喘ぐことしかできなくなった。竿全体を吸うような激しいフェラチオ。男のことを悦ばせることに特化した動き。ぐぶぐぶと口の中にたまったよだれが肉棒に攪拌《かくはん》される音が響いている。

「んっ、んっ、んぐっ、んじゅるるるぅっ！　ぢゅぶっ、ぢゅぶっ、ぢゅぶぅっ！」

一時はセックスレスすら考えた妻とは同一人物とは思えないほどに生々しくハードなエロスを感じさせる姿に、雅孝の興奮は最高潮だった。抗うことのできない射精欲求に、雅孝はどうにかして言葉を絞り出す。

「く……ぅ……また……出る……！」

しかし、雅孝の声は美涼に届かず、美涼はさらに激しさを増したフェラチオで性器を責める。口と手の愛撫が雅孝のことを追いこんでいく。

「んっ、んっ、んんっ！　んぐっ、んぐっ、ぢゅるるっ！　ぐぼっ、ぐぼっ、ぐぼっ、ンぢゅるるるるっ！　ぢゅぶぢゅぶぢゅぶっ！　んぶっ、んぶっ、んぢゅるるぅっ！」

「あっ、あっ、ああ……でっ……出るっ……！」

「んっ、んんんんぅっ⁉」

射精直前に、雅孝は無意識に腰を引いてしまった。本能的に、あまりの快楽の前から逃走を図ってしまったのだ。口内の拘束から解放された雅孝の肉棒が、びちゃびちゃと二度目とは思えない量の精液を噴きださせる。

「んむぅっ！　んっ、んぶっ！　や、あっ、んんっ、勢いすごぉ……！」

べっとりとした糊のような白濁が美涼の顔や髪にこびりつき、栗の花のような匂いで彼女を染め上げる。

「ふぁ……あっ、ベトベト……ぉ……。ンッ、あなたの精液……もったいない……」

脈打つ肉棒を追いかけるように、美涼の唇が射精の残滓を纏う竿に吸い付く。

「もぉっ。イクならイクって言ってよぉ」

精液をなめとりながら、美涼が不満そうな表情を浮かべる。

「せっかくたくさん出してくれたのに……ほとんど外に飛び散っちゃったじゃない」

「ご、ごめん」

どこかズレた気のするやり取りも、催眠の効果なのだろう。

「ふふっ、気持ちよくなってくれた？」

「あ、ああ……最高に気持ちよかった」

「……なら、よかった」

催眠によって、雅孝は美涼が別人になったかのような気さえした。けれども微笑む美涼の笑顔は間違いなく雅孝の愛している彼女の物だった。

「……まだ、できるわよね？」

「……へ？」

「ふふふ、今度は私も……満足させてちょうだいね？」

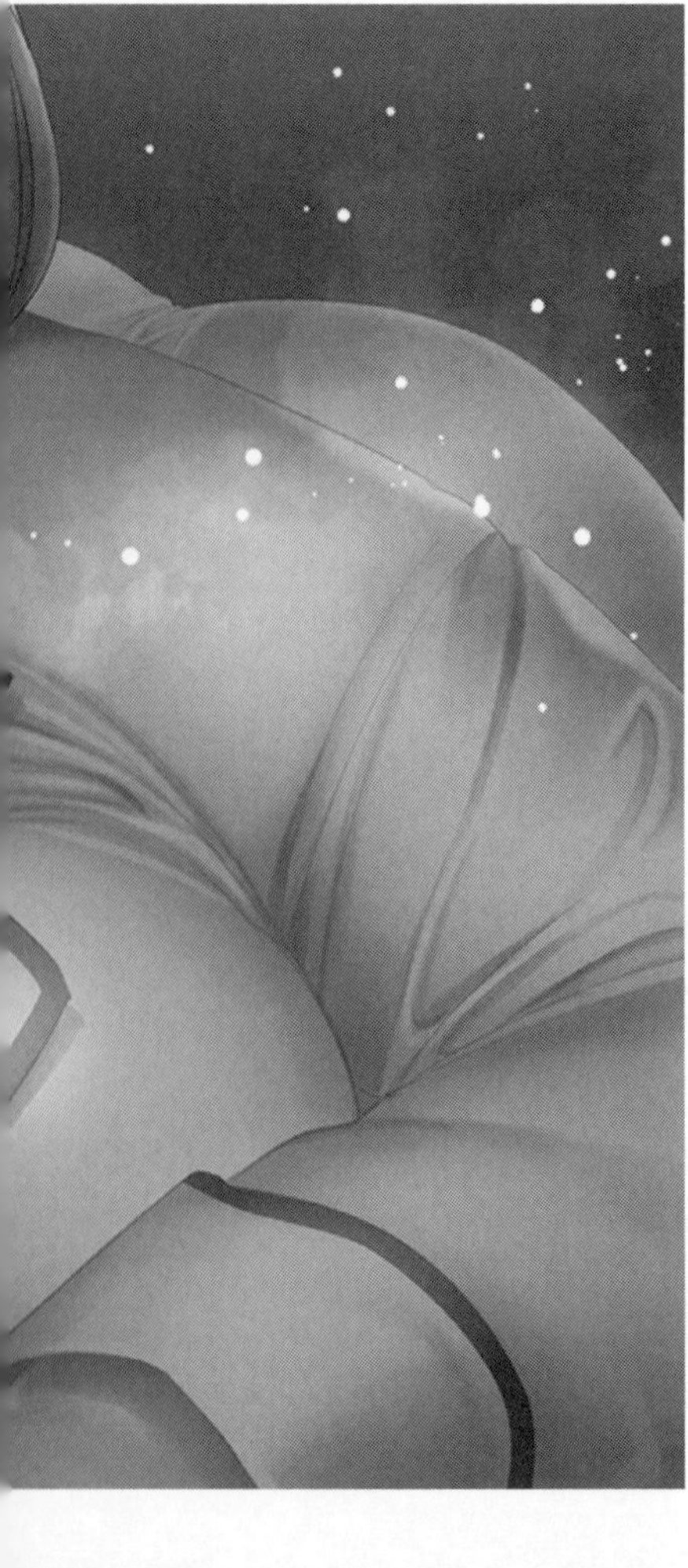

妖艶な色気を纏ったままで、美涼は雅孝を誘惑する。

　雅孝の肉棒は、まだまだ萎えることなく存在感を保っていた。こうなったら、雅孝は本能に従うほかない。

「もちろん」

　ここまで、ずっとされてばかりだった。今度は自分の番だと雅孝は張り切った。

　美涼はゆっくりとパジャマのボタンをはずして、上気した肌を雅孝にさらす。フェラチオだけで興奮していたのか、乳房の頂点ではツンと乳首が勃起している。パジャマを脱ぎ捨てて仰向けになると、手を股間へと向かわせて指で陰唇を広げてみせた。

「ね、見てよ……。あなたのおちんちんを舐めてただけで、私のおまんこ……こんなにトロトロになっちゃった」

　性行為に対して消極的だった姿しか知らない雅孝は、催眠だけでこんなに大胆に誘うようになっている妻に驚きを隠せない。それはそれとして、目の前に見せつけられた洪水状態の秘部から目が離せなくなってしまう。理性は崩壊寸前だった。

「私の準備はできてるから。思い切り私のナカにちょうだい」

「あ、ああ……！」

　ＡＶ女優を彷彿とさせる淫猥な言動は、美涼の本質とはかけ離れたものなのだろう。しかしそれは紛れもなく雅孝の求めていたもので、だからこそここで止めることはできない。止まれるはずがない。

「どうしたの？　今度はあなたの番、でしょ？　私を満足させてくれる？」

「……い、いいんだな？」

「うふふ、もちろん。思いっきり私を気持ちよくさせてね」

甘ったるい声で美涼は紅色の蕩けきった秘裂を開いて雅孝を誘う。ヒクヒクと蠢《うごめ》く膣口は、雅孝のことを熱烈に求めているようだった。

「い、いくぞ……！」

雅孝の理性の糸がプツンと切れた。次の瞬間には、雅孝は肉棒をひと息に挿入した。いくら催眠で淫乱になっているとはいえ、膣内が急に拡張されるはずはない。美涼の膣内はこれまでの変わらない締め付けで雅孝のことを歓迎した。

「んおぉっ、んはぁ、ああ……んっ！　ほ、本当にいきなり、奥まで挿入《はい》ってきたぁ」

「ご、ごめん。いきなりはキツかったよな」

雅孝の肉棒はさっそく極上の快感に包まれた。しかし、こぼれた美涼の声は喘ぎ声というよりうめき声のようだった。

やってしまったかもしれないと、雅孝は小さく背中を丸める。

「んっ、そうじゃなくって、キツいのはキツいけど。でも、苦しいとか痛いとかじゃなくて、なんていうか……。私が思ってたより、ずっとあなたのがスゴくって。その……腰が抜けちゃったみたいで。だから、えっと……慣れるまで、ちょっとだけ待ってくれる？」

「……ああ、もちろん」

挿入したあと、すぐに動かず慣らすのは、いつもと同じ流れだった。しかし、美涼の反応はいつもと絶妙に違っていて、思わず雅孝の口元がにやける。

「ん……んふぅ……。いいかな？　うん、いいかも。これならいけるはず」

自分自身に言い聞かせるようにつぶやいた美涼が、あらためて雅孝を見つめる。

「待ってくれてありがと……もう大丈夫だから。あなたの好きなときに、好きなだけ動いてちょうだい。思いきり、思いっきり、あなたの思うがままに。私があなたのモノだって証を刻みつけて」

蕩けた膣内できゅうきゅうと肉棒を締めつけて、美涼は雅孝を求める。そうなれば雅孝も応じずにはいられない。さっそく腰を動かして彼女を責めたてる。

「んっ、んはぁっ、ああっ、ああっ！　んぅっ、そこ……ナカ、めく、れ、てぇ……！」

ゆっくりと引き抜かれる肉棒に膣内のヒダというヒダが食いつくように密着して、エラやカリ首が膣壁を引っ張りあげる。腰砕けになるくらいの快感に襲われながら、雅孝はピストンを繰り返す。

「んっ、んんんぅっ！　アソコ、とれちゃ……あぁんっ！　んくふっ、ンッ、ふぅっ、おなか、内側から引っ張られ……んぁあっ、感じちゃう……！」

「くっ、キ……キツイ……」

ほんのわずかでも気を抜いたら、あっという間に射精してしまいそうだ。快楽の波にもまれながら、雅孝は懸命に腰を振る。竿の根元まで深く、強く。めくれかけた膣肉ごと柔らかい蜜壺を押しつぶすように下半身を押し付ける。

「はぁっ、ああっ、ああっ、あはぁあっ！　す、すご……ぉい……！　おちんちん、こんなに深いとこ……までぇ……！」

肩を大きく上下させる美涼の額には、珠の汗がびっしりと浮かんでいた。ピストンのたびに白く濁った愛液がかき出され、雅孝の勃起にべったりとまとわりつく。これ以上ないくらいに美涼が発情していることを目の当たりにして、雅孝はますます下半身を滾らせて膣内をかきまぜる。

「はっ、あ、はぁんっ！　ふあっ、おちんちん、カリ……引っかかって……！　おなかのナカっ、ンッ、ごりごりって……かき混ぜられてっ、る……！　んはぁっ、んふぅっ、あなたっ、あな、たぁっ。んっ、はぁっ、んんっ……！」

腰がぶつかると美涼の爆乳がだぷんっと波打つように跳ねる。

「胸……触るよ」

「あふっ、ンッ、いいわよ……。はぁ、はぁ……んんぅっ！」

雅孝は柔らかな双球を手で覆うように掴み、しっかりと指をめりこませるように揉みしだいた。汗ばんだ肌が手のひらに吸いつく。このまま手が離れなくなりそうだった。

「んぁっ、おっぱいっ、潰されて……ンッ、あっ、ふあっ！　そんなに強くしたら、形、崩れちゃう……ンッ、んふぅっ！」

夢中になって乳房を捏ねると、美涼の口から甘い吐息が漏れる。さらに肉棒を絶え間なく刺激する膣内もいっそう忙しなく蠢いた。

「んくっ、んふぅっ、はぁっはぁっはぁっ……！　んぁっ、おっ、くぅ……！」

ふたりの粘膜が擦れる水音が、徐々に激しくなっていく。快感も爆発的に膨れ上がって、汗だくの身体を密着させての性交が行われた。

「ねっ、キスしてっ。あなた……キスしてぇっ」

雅孝の目と鼻の先で、蕩けた瞳の美涼がキスをせがむ。息を飲むほど色っぽい表情に雅孝はすぐに応じる。唇を重ねて、すぐさま舌を潜りこませる。重なりあう唇のぬくもり。舌が絡みあう心地よさ。歯止めがきかなくなるほどの気持ちよさに雅孝は溺れていく。

「もっとっ、んちゅるっ、おっぱいも、おまんこもぉ、いっぱいしてぇ。たくさん、たくさん気持ちよくなりましょう……んぅっ、一緒に……一緒にぃ……んくぅ」

「ああ、もちろんだ。美涼、もっと激しく動くぞ」

「うん、動いてぇ……！」

雌として美涼を求めて、雄として美涼から求められる。雅孝はただそれだけのことが嬉しくてたまらない。雅孝と美涼は付き合い始めたばかりの頃と比べても、はるかに情熱的に身体を重ねていた。

「ああっ、気持ちいい……気持ちいいよぉっ……！　ああ、あなたは……？」

「最高に気持ちいい……！」

「よかったぁ、んんっ、おそろい、だぁ……んふっ」

嬉しそうに笑いながら、美涼も腰を振って雅孝と同様に快感を貪る。

「ねぇねぇ。なら、さっきのフェラと今、どっちが気持ちいい？」

「き、決まってる……こっちのほうが気持ちいい！」

雅孝は腰を止めないまま答える。

「じゃあ、私のフェラは気持ちよくなかった？」

「そ、そういうわけじゃないけど……」

唇を尖らせて、少しすねたような表情を見せた美涼。しかし、次の瞬間には少し歯を覗かせながら笑って挿入された肉棒をきゅうっと締めつけた。

「なぁんて、べつにそんなのどうでもいいけどね」

「どうでもいいの？」

「どうでもいいの。それよりも、あなた……もっと気持ちよくなろ？　もっともっと抱きしめて、突き上げて、なにも考えられなくなるくらい溶けあうの。ぐちゃぐちゃのどろどろになるまで、いっぱいいっぱいいーっぱい……私を愛して？　いいでしょ、旦那様？」

オスの本能を刺激するようなささやきに、雅孝はその言葉を聞いたそばからピストンを激しくした。胸を鷲掴みにしたまま腰を振り、膣奥をえぐるように突く。先ほどまでの動きが準備運動にすぎなかったかのようにハイペースで美涼を求める。

「ふぐっ、んっ、あっ、激しいっ、おちんちん……ぁんっ！　はぁっ、はぁっ、おっぱいももっとっ、シてっ、ぎゅって、ぎゅぅってぇ……！　んむぅうっ！　ふぅ、ふぅ、はぁああんっ！　いっ、いいっ、気持ちいい……！　勝手に、声出ちゃう……！　んぁっ、気持ちいい……気持ちいい……いいのぉ……！」

嵩《かさ》を増した雅孝の肉棒に蜜壺を蹂躙《じゅうりん》されて、美涼の口からは蕩けきった嬌声が絶え間なく飛び出していた。肉襞も問答無用で反応してしまう。愛しい夫の猛りをしっかりと包みこんで、射精を促すように蠕動《ぜんどう》を繰り返すのだ。

そんな反応を示す妻を抱きながら、雅孝は股座で沸き立つ射精の衝動に苛《さいな》まれる。もっと味わいたい。もっと抱きしめたい。もっと貪りたい。いくらそう思っても、最高の肉体を持った最愛の妻の前ではあっという間に限界を迎えてしまう。

「も、もうっ……！」

「ああっ、私も……ふあっ、ああっ、ああっ、キちゃう……なにかっ、んくぅっ、あな、たぁっ……！　い、イッ、くぅ……！　イッちゃ、うっ……！」

絶頂間際の強烈な膣収縮が生み出す強烈な締め付けに、射精寸前の雅孝の肉棒が押し出されてしまう。途端に雅孝の肉棒から白濁が放たれた。

「ふぁっ、あああぁぁぁっ！　ダメっ、イッ、イッちゃううううっ！」

液体というよりも個体に近い精液が、雅孝の尿道を駆け抜けて上気した美涼の身体に飛び散った。

「んぁっ、ああ……熱ぅい……んっ、あ……もぉ……」

「はぁ……はぁ……」

「出すときは、ちゃんと言ってって言ったのに……」

「も、申し訳ない……」

美涼がツンと唇と尖らせて不満を口にする。フェラに引き続き、セックスでも暴発させてしまった。情けなさと恥ずかしさに雅孝は背中を丸めて謝罪した。けれど、雅孝はどこか嬉しくもあった。こうして不満を言うことも、今までの美涼とのセックスではなかったことだからだ。

「ふふっ、でも……二回目とは思えないくらい濃い量……本当に今まで我慢していたのね」

全身にぶちまけられた精液をぼんやりと眺めながら、美涼は寂しそうな嬉しそうな曖昧な表情を浮かべた。そして、

「次はナカに出してくれなきゃダメだからね？」

さも当然のように、次の挿入を求めた。

「うえっ⁉」

さすがに、雅孝も驚いてしまう。

「当たり前でしょ♪　呆けてないで、まだ硬いんだからイけるでしょ？」

期待と興奮に満ちた眼差しが雅孝の股間へと向けられる。肉棒はまだまだ臨戦態勢だ。

「お、俺はいいけど……美涼は大丈夫なのか？」

「あのね……不完全燃焼のまま終われないじゃない。全部ナカで感じたかったのに、勝手に抜いちゃうんだもの……」

ぽつりと美涼がつぶやく。その内容は催眠下だからこそ過激で、いじらしく、雅孝の肉棒をさらに漲らせるには十分すぎる燃料だった。

「今度こそ、あなたと繋がったままイかせてね？　私があなたのモノだって証を、私のココに刻んで」

美涼は子宮のあたりを軽くさすりながら、ぐずぐずに蕩けたワレメを肉棒に擦りつける。

「私……ナカでもらえなかったから、中途半端に疼いちゃってるんだから。責任……とってくれるでしょ？」

「……もちろん！」

あまりにも愛らしいおねだりに、雅孝はまた一気に肉棒を膣内へ沈める。十二分に潤った蜜壺はいともたやすく性器を飲みこんで、さらに奥へ誘うような蠕動をしている。入れる雅孝と受け入れる美涼。二度目の結合は完全に共同作業だった。

「はぁっ、あぁっ、硬ぁいっ……！　それに、私さっきより……ンッ、感じちゃってる」

美涼は肩を大きく揺らし、目を細めて身体を揺らす。そんな美涼の乳房へ、雅孝は再び愛撫を開始する。

「んっ、ああっ、胸……ぇっ……！　敏感になってるから、もっと優しく……」

「こんなに乳首も硬くさせてるのに、優しくは無理だよ」

子供の小指ほどまで膨らんだ美涼の乳首を転がしながら、雅孝の亀頭はなんども膣奥を小突く。嬌声はますます大きくなって、美涼の表情から余裕が失われていく。

「んぁっ、ふっ、はぁあっ！　乳首っ、ぐにぐにされながら、突かれてっ……！　はぁっ、それ好き……ンッ、いいっ……！　気持ちっ、いい……いっ……！」

美涼が悦んでいるのが雅孝にははっきりとわかった。数多くの女性を悦ばせる男優のようなテクニックはない雅孝だが、たったひとり、美涼を悦ばせるために重ねてきた時間と知識と経験と技術は決して無駄ではない。

「胸を弄られながらするの、好きだもんな」

「んっ、んんっ、好きっ、好きっ……！　んふぅっ、好きぃ……！」

美涼は、普段なら恥ずかしがって認めないことも、はっきりと認めた。だからこそ、雅孝は徹底的に弱点の乳房と膣奥を責めたてる。満足できていないと言ってくれた美涼に、メスの悦びを刻み付けるのだ。

「んはぁっ、んっ、ふぅっ！　しゅごっ、ンッ、待ってぇ……！」

その最中に、喘ぎ声に混じって美涼の制止の声が耳に届く。雅孝はほとんど無意識的にブレーキをかけた。

「んふぅ……はぁ……んはぁ……。あ、危なかった……ぁ……。もう少しで……イッちゃうところだったぁ……！」

「……イキたいんじゃなかったのか？」

「ふぅ……ふぅ……。私だけイクのはイヤ」

「……そういうこと」

雅孝の腕をつかんで、美涼は雅孝のことを見つめる。その言葉に本心から納得した雅孝は、またゆっくりと腰を動かす。

「んぁあっ、ちょ、ちょっとだけ待って……！」

「ん？」

「い、今されたら、絶対すぐにイッちゃうから！　も、もうちょっと落ち着いたら……」

「でも、女性って男性と違って長くイけるらしいし……。そうだ、ずっとイキっぱなしになってればセーフじゃない？」

「ずっとイキっぱなしって……んふっ⁉　あっ、またナカで大きくぅ……⁉」

絶頂間際の状態の膣内で、このままじっとしていることはできなかった。最初はゆっくりだった腰の動きも、膣内を潤す愛液の滑りのおかげもあり速度が上がる。

「ひっ、あっ、ひぐぅんっ！　だ、ダメだってばっ、あぁんっ！　本当に、ンッ、すぐにイッちゃうから……ぁっ……！」

「美涼がイクところを見たい！　美涼がイクところを見せてほしい！」

「ンまっ、真顔でナニ言ってるのよバカぁっ……、ひぁっ！　い、今、おっぱいまで触っちゃ……ああっ、ダメッ、乳首こねるのも……あっ、ふあぁあっ！」

雅孝は知っている限りの美涼の性感帯を責めたてた。膣奥に亀頭を擦りつけるように腰を動かしながら、乳房と乳首への刺激も忘れず、彼女を徹底的に追いこむ。

「お願いだからっ、ちょっと休ませてぇっ……んぅっ！　あっ、あっ、やぁあんっ！　こんなの無理っ、無理ぃっ！　ひぁあっ、すぐイッちゃうからぁ……！」

小さな絶頂が繰り返されているのか、美涼の身体がビクンと跳ねる。全身から噴きだす汗は発情フェロモンたっぷりで、雅孝の快感をさらに膨らませる。もっと美涼のことを貪りたくなって、雅孝は触れられる部位はすべて利用する。

「やっ、やだっ、ひとりでイキたくないぃっ！　ひっ、ひっ、ああっ、おちんちん奥っ、んぐううっ！　ぐりぐりぃっ！　ぐりぐりぃってっ、んぁあっ、ダメだってばぁっ！」

絶頂に至る刺激から逃れようと腰をくねらせる美涼だが、それは彼女の膣内に不規則な刺激を与えることになる。身をよじるたびに甘く濡れた悲鳴が飛び出す。

「いっ、一緒がいい……あなたと一緒に、イキたいのに……んむっ⁉」

その様子を見て、雅孝は美涼の唇をふさぐ。抵抗の意志ごと悶える媚体を抑えこむ。

「俺も、一緒にイけるように頑張るから」

「ん……んんぅ……」

酩酊したように蕩けきった美涼の瞳には、もう雅孝以外映らなかった。それからはもうガムシャラに互いの身体を求めあう。

「んっ、はぁっ、ああっ！　んふっ、ふぐぅううっ！　んんっ、はぁあっ！　ふああっ！き、キス……んちゅるっ、ぢゅ、ぢゅぢゅ……ンッ、ちゅぷぅ……！　キスも、おまんこも……ぉっ……！　おちんちん、こすれて……んひぃっ、イッ、イッちゃう……アアッ、あなたにっ、全部……んひっ、ひっ、ふああっ！　ンッ、ぢゅぷっ、ぷはぁっ！」

深く深く繋がって、お互いの境界がわからなくなるほどだった。

熱く蕩ける蜜壺は、うねりながら蠕動をくりかえす。熱い愛液に包まれる肉棒は、このまま美涼の胎内に溶けてしまいそうだ。

体液で滑る身体はこれ以上ないほどにふたりの距離を近づける。

寝室にはむせ返るような性臭が充満して、響き渡るのは美涼の嬌声と雅孝の必死な声。そして体液が弾ける音。より激しく、より大きくなり、ふたりが到達しようとするクライマックスを盛り上げる。

「無理っ、もう無理っ、無理ぃっ！　イクの我慢するの無理ぃいいいっ！　イッて！　一緒にイッて！　一緒にイッてぇえええぇぇぇっ！」

絶頂寸前の美涼と同様に、もう雅孝も射精寸前まで追いこまれていた。限界まで膨らんだ衝動のままに、美涼の身体を抱き寄せる。今度は中出しする。その決意とオスの本能がそうさせた。

「今度は美涼の、ナカに……」

「んっ、んんっ！　出してっ、出してっ、出してぇえっ！」

「出すっ……！」

美涼のことを抱きしめたまま、雅孝はその膣内に大量の子種を注ぐ。

「ひぐぅうううっ！　んぁあっ！　あああぁぁあっ！　ナカぁっ！　出てっ、ああっ、れてるぅううっ！」

呂律の回らなくなった美涼の口から、オーガズムの絶叫が飛び出した。膣内は痙攣《けいれん》したかのように収縮をくりかえし、射精中の肉棒をもみくちゃにする。精液だけでなく、脳まで吸われているかのような強い快感のあと、雅孝の全身を甘い倦怠感が包む。

「はぁ……はぁ……イッ、たぁ……。一緒に、イけた……。んふぅ……はぁああ……気持ち……よかったぁあぁ……」

幸せそうに微笑む美涼の顔。雅孝は息をするのも忘れるほど見入ってしまった。

「ふふっ、まだ硬いわね」

「ああ……。美涼、その……」

「うふふっ。今日は私が満足するまで付き合ってもらうわね。徹底的に、足腰が立たなくなるまで逃がさないんだから」

「望むところさ」

尽きない欲望を確認するように見つめあうと、どちらからともなく腰を動かした。

大量の精液を含んだ膣内をまたかき混ぜる。雅孝の動きに合わせて美涼も腰をくねらせて甘い歓声をあげる。

「あはぁああっ！　ああっ、んはぁっ、はぁああっ！」

肉棒を抜くことのないまま、何度も膣内射精と絶頂をくりかえす。

何時間も性交を続けた。世界は濃厚な性の匂いと体液の海で満ちる。

「はぁあっ、はぁっ、キス、キス……ンッ、ちゅぶっ、ちゅぶぅっ……！　ンッ、イクッ、ちゅーしながらイクッ……！　んはっ、もっと、もっとぉ……」

体力も底をついて、身体の動きは緩慢になる。ピストンというより、ただ結合部をこすりあわせているだけのような動き。しかし、それだけでふたりの身体は熱くなる。

「んっ、ちゅぶ、ちゅぶぅ……。んふぅ、気持ち……いいっ……！　はああっ、はああっ、好き、好きぃっ……！　んちゅぶっ、もっと、もっとぉ……！」

理性の壁が完全に溶けきった夫婦の夜は、文字どおりお互いの意識がなくなるまで続いた。


翌日。

これまでのもやもやした性欲を発散しきった雅孝は、清々しい朝を迎えていた。

「……昨日は、凄かったなぁ」

苦いコーヒーを啜りながら、昨晩の妻の乱れっぷりを思い出す。思い出したら股間がじんわりと熱くなってきた。

「きゃあああああぁぁぁぁぁっ⁉」

思い出に浸っていると、寝室から美涼の悲鳴が聞こえてきた。

「な、なんで私こんなっ！　ああっ、そうだっ、催眠！　催眠装置とかで昨日……あああうううっ！」

どうやら催眠中の記憶がよみがえったようで、羞恥に悶絶する美涼の声がリビングまで聞こえてくる。

「美涼さんや～……大丈夫か～い？」

「だ、だいじょびませんっ！」

寝室から飛び出してきた美涼から、おかしな日本語が返ってきた。

「ううぅぅぅ……」

美涼が涙目でリビングへやってくる。真っ赤な顔は事情を知らなければ風邪でもひいているのではないかと思うほどだった。

「……とりあえず美涼さんや。風呂にでも入ったらどうだいね？」

「あっ、あなたねっ！　昨日あれだけ激しくシたのに、今日は朝からお風呂場でしようって言うの⁉」

「いやいや、とんでもない。……ワシは満足しすぎてほれ、このとおりじゃ」

「なんでそんな燃え尽きたみたいになってるのよ！」

「いやなんか、昨日の美涼が激しすぎて、朝起きてから賢者モードが続いてるっていうか。それにさ、美涼……」

「な、なによ」

「……服くらい着たらどうだ？」

「へ？」

飛び起きてリビングへとやってきた美涼は、昨日の行為のあとのまま、つまり素っ裸の状態だった。そんな自分の状況に気づいた美涼は、真っ赤になって今度は風呂場へと直行する。ぱたぱたと動き回する姿は愛らしく、写真に収めてやりたいくらいだった。

それから、風呂から出てきた美涼は不機嫌な様子でリビングのソファに腰かける。場の空気は重たく、ぎくしゃくとした雰囲気に包まれていた。

「……で、どうだった？」

「ど、どうだったって……！　あ、あ、あんな恥ずかしいこと⁉　ま、まあ、イヤとかじゃなかったけどっ！」

「いや、風呂の話だよ。湯加減はどうだった？」

「くぅううっ！」

かみ合わない会話に、美涼の顔が真っ赤になる。

「熱めにしたけど、大丈夫だったかなーって」

「はいはい！　いい湯加減だったわ！　お心遣いありがとうございます‼」

いつも以上の声量で恥ずかしさをごまかそうとしている。そんな姿がやっぱり愛らしく思えてしまう雅孝だった。

「どういたしまして。……ま、いろいろと昨日のことも含めて、本気で怒らせずに済んでなによりだよ」

「んんんぅうぅっ！」

声にならない言葉で抗議しようとしている美涼。その顔が火照っているのは風呂から出てすぐだからというわけではないのは明白だった。美涼はまっすぐに雅孝を見ているが、雅孝が視線を合わせようとすると慌てて目を逸らす。雅孝はそんな妻の反応が非常に新鮮で見ていて飽きなかった。

「美涼もコーヒー飲むか？」

「へ、変なものは入ってないでしょうね？」

「変なもの、というと？」

「さ、催淫効果のあるミルク……とか？」

「ぶふぅっ⁉」

想定外すぎる言葉に、雅孝は思わず噴き出してしまった。

「な、なによ⁉　催眠装置なんてモノがあったんだから、そういうものもあるかもって思うのが普通でしょ⁉」

「ごめんごめん。いや、大丈夫だから。普通のコーヒーだから」

にやけた顔のまま、雅孝は自分が飲んでいたカップを美涼に渡す。

「……にがぁい」

ブラックコーヒーだから当然だ。ひと口飲んで、美涼は心の底から苦そうに顔を歪めた。

「新しいのには砂糖とミルクを入れて作るから、それでいいだろ？」

「……ん、お願い」

美涼は渋い顔のまま雅孝にカップを返す。

雅孝は美涼のために二杯目のコーヒーを作りはじめた。

朝こそ慌ただしかったものの、夜になる頃には普段と変わらない程度には落ち着いた。

「ごちそうさま」

「おそまつさまでした」

夕飯を食べ終えて、雅孝はある提案を切り出す。

「美涼」

「なあに？」

「また、アレを使ってみていいかな？」

アレ、とは催眠装置のこと。雅孝のひと言で頬を染めた美涼の瞳には、動揺以外の色も混じっていた。

「き、昨日のはノーカウントって言ったし、コスプレしてからが本番、なのよね？　だから……そ、その……」

「アレを使ってのコスプレエッチも、一回と言わず、たくさんしたい」

「そ、それは……!?」

視線をあやふやに泳がせながら、美涼は言い訳の効く言葉を探そうとした。

「催眠装置を使って、また美涼と気持ちいいセックスがしたいって思ってる」

雅孝は先んじて美涼がごまかせる余地を奪う。雅孝は本気だった。

「美涼はどうだった？　嫌だった？　気持ちよくなかったか？」

「もし気持ちよくなかったんならやめるよ。コスプレセックスの件もあきらめる。いくら愛があっても気持ちよくないセックスなんて、ただの独りよがりのオナニーで、する意味がないしな」

「それは、その……」

真剣な表情で、まっすぐに美涼を見据える。美涼は言葉に詰まっている様子だった。

「それで、どうだった？　催眠エッチは、気持ちよかったか？」

「ま、まあ……私も……。予想していたよりも、うん、気持ちよかった……うん。いつもと比べても……ま、まあ、うん。悪くはないというか、多分、よかったんだと思う。思うというか……ほぼ間違いなく、うん」

だんだんと語気は弱々しくなったものの、美涼は変に茶化したり胡麻化したりすることもなく、素直に気持ちを雅孝に伝えた。

「だ、だよな⁉　だよなっ⁉　夫婦円満のためにと思って使ってみたけど、それなりに効果はあったってことだよな⁉」

「う、うん……効果はあったんじゃないかな？」

だからこそ、雅孝は今回を一度きりの成功体験として切り捨てられない。これまでくすぶらせていた炎を燃やし尽くす勢いでなんとか美涼を説得しようとする。

「だから、もしよかったら話を聞いてほしい」

「え、えっと……無理難題じゃないなら」

「もうちょっとだけ……！　催眠を使った、いろんなエッチがしたい！」

「普通のじゃ、ダメなの？」

至極当然の質問が美涼から返ってきた。

「口にするのも恥ずかしい妄想って、そういうの、美涼にもあると思うんだ！　エッチな服を着て責められるシチュとか！　逆にエッチな立場で責めまくるシチュとか！　そういうエッチな妄想に浸るときがあると思うんだ！」

「ま、まあ……そういうのも、ある、かしら？」

美涼はわかりやすく視線を逸らして誤魔化した。

美涼にも心当たりがあったのだ。昨日の催眠下で行われた自分の行為は、雅孝にそうするように命令されたわけではない。ただ、「エロくなれ」という指示に従い、自分の思い描いていた「エロい行為」「エロい自分」に従った結果なのだから。

「そのうえで、俺はあらためて実感した！　夫婦生活を追求していけば、家庭円満のみならず今後の人生の成功にもつながっていくだろうなって！」

「な、なんか一気に話が飛躍してない⁉」

「だから頼む美涼っ！　夫婦円満のためにっ！　もっともっといろんな美涼を知りたいんだっ！　本気で美涼が嫌がることは絶対にしないからっ！」

「あ、頭まで下げなくてもいいってばぁ」

いざというときに見せる誠意ほど効果がある。頭というのはここぞというときに下げるからこそ意味があるのだ。雅孝はこれまでの社会人経験で培ってきた様々な営業技術で美涼の躊躇いを解消していく。

「なら、いいかな⁉」

「いつも頑張る旦那様が、たまにしか言わない頼みくらい叶えてあげたい。って思う甲斐性は私にだってあるもの」

美涼は困ったような笑みを浮かべる。

「でも……よくよく考えたらこれって、口にするのも恥ずかしくなるあなたの妄想に、私は催眠下とはいえ受け入れなきゃいけないってことよね？」

催眠をかけるのは雅孝。かかるのは美涼だ。

ひどいことはしないという信頼はあるものの、美涼は雅孝がどれほどの欲望をもっているのか、これまでためこんでいたのか、ここ最近の熱弁から計りかねていた。

「美涼が俺に使ってもいいよ！　美涼の恥ずかしい妄想にも付き合うから！」

「そういう問題じゃなくって！」

「せっかくいろいろできそうなのに、これで終わりっていうのはもったいなくない？」

「それは……確かに、もったいないかも……？」

「まだ一回しか使ってないんだしさ。何回か使ってからいろいろ試していこう。もし、美涼がいらないって言うなら捨てればいいんだし」

「そうね……。うん、そうかも」

「よし、じゃあ不要になったら捨てる。それまではせっかくもらったんだし使ってみる。しばらくはそれで決定ということで、オッケー？」

「ま、まあそうね。せっかくもらったものだし、一回だけ使って終わりっていうのはさすがにもったいないでしょうしっ」

雅孝は要望が通ったことに嬉しくなる半面、美涼が詐欺とかに騙されないか少し心配になった。

「ま、まあ、あなたも喜んでくれたみたいだしっ。そう考えたら……催眠装置も、悪いものじゃなさそうだしっ」

提案を受け入れてくれた美涼の言葉の根底には、善性と愛情が感じられた。それを素直に表現できず、恥じらいながら告げる姿はかわいらしいものだった。

「つ……使いすぎないって約束してくれるなら。あなたがどうしても使いたいって言うなら……その……私はべつにいいけどどっ！　でも、無理や無茶はしちゃダメだからね。そこだけはちゃんと守らなきゃダメだからね。それだけは破ったら怒るからね！」

「わかった」

まくしたてるように条件を列挙する美涼。それをしっかりと聞き入れて、雅孝はしっかりとうなずいた。大事な妻を守るための約束だ。破るはずがない。

「ん、それじゃあ、その……。優しくお願いします」

まるで初夜のように。いや、初夜よりもぎこちなく、美涼はぺこりと頭を下げる。

「いやっほーーい！　某《それがし》にお任せあれーーーっ！」

一方の雅孝は、愛情と劣情とでＩＱを著しく下げながら寝室にある催眠装置のもとへと駆け出すのだった。

「えっ、ああっ、ちょっと……⁉」

まだ、夕飯を済ませたばかりなのに。

美涼はうっきうきの旦那の背中を眺めながらため息をつく。

「まったくもぉ……」

今夜も、昨日のように乱れてしまうのだろうか。

催眠下でのセックスの記憶がよみがえる。

美涼にとっては、普段のセックスだって満足できるくらい気持ちよかった。しかし昨夜味わってしまったお互いに快感を貪るようなセックスの満足感は段違いだった。

その快感を知ってしまったせいか、心のどこかで、また求めてしまっている。それは普段の自分のままでは絶対に口にできないことだった。だから美涼は、催眠装置を使う雅孝とのセックスを受け入れることにした。催眠下だったら、素直に旦那のことを求めることができたから。

「美涼～、早く～」

「もぉっ、夕飯の片づけが終わってからっ」

せっかちな旦那に微笑みを返しつつ、美涼も家事を終わらせて寝室へと向かった。

2章　イチャイチャ後輩妻！

初めて催眠装置を使ってから、数日が経った。

「先輩、妙に時計ばっかり気にしてますけど、なんか大事な用事でもある感じッスか？」

退社時間の十分前、金田に指摘されて雅孝は我に返る。外からわかるほどに落ち着きがなくなってしまうほどそわそわしてしまっていた。

「あ、いや……べつに」

「そうッスか。あ、もしよかったら今夜ぐいっと飲みに行きません？」

「いや、悪い……。今日はちょっと、用事があってな」

「そうッスか……」

金田は少し考えるような声を出した。

「先輩、不倫はあんまオススメしないッスよ？」

「なんでそうなる」

看過できない発言に、雅孝は思わずツッコミを入れてしまう。

「だって今の先輩、メスを喰う前のオスの顔してましたし」

「どんな顔だよ」

「新入社員が初めてボーナス貰って風俗挑戦するときの顔ッス」

そんな顔なんかしていないだろう。雅孝は思わずディスプレイにほんのり映っている自分の顔を見つめてしまった。

「まーでも、精力に満ち溢れているっていうのは悪いことじゃないッスからね。先輩が幸福なら、たとえ不倫でも俺は先輩を応援させてもらうッスよ。それじゃっ！」

「いや、だから不倫とかしてないからな？　人聞きの悪い」

雅孝が反論する前に就業の定例鈴が響き、金田は早々に退社してしまった。

「……俺も帰るか」

雅孝も仕事を終えて帰路についた。


雅孝がそわそわしていたのは、とある「荷物」が届くからだった。雅孝の代わりに美涼が受け取ってくれているだろう。

「ただいま」

「おかえりなさい、あなた」

帰ってきた雅孝を、美涼がいつものように迎える。

それから、いつものように風呂と夕飯を済ませて、そのあとの夫婦ふたりっきりの時間。

雅孝は荷物のこともあったため、早めに美涼を寝室へと誘った。

「ところで、あなた宛ての荷物が届いていたんだけど、今度はなにを買ったの？」

美涼がベッドの脇に置かれた包みを指さす。

追及する美涼の声には、若干の呆れが混じっていた。美涼も、雅孝がなにを買ったのか想像がついている。

「えっとぉ……夫婦円満になるためのアイテム？」

美涼の口調は、雅孝の行動を真っ向から否定するものではないが、どうも歯切れが悪くなってしまう雅孝だった。

普段の状態だとやはりどこか自分の本心に対してブレーキというかうしろめたさが表れてしまう。雅孝も美涼と同じだった。

「はぁ……また無駄遣いして」

「こ、小遣いだから！　小遣いで買ったやつだから！」

「……はあぁぁぁ」

ここ数日、美涼はよくため息を吐くようになっていた。困ったような呆れたような、でも愛情を感じられる表情をする。そんな妻の表情もまたかわいいと感じる雅孝だった。

「あなたがコスプレ好きだってことはわかったけど、なんでいきなり買うようになったのかしら？　連日届いている気がするんだけど」

「いろんな美涼の姿を見たいって思ったら、ついポチポチポチ～っと」

「……はぁ」

「そ、それにほら、純粋にコレは美涼に似合うと思って！」

またまた呆れ顔の美涼に向かって、雅孝は包みの中から衣装を取り出した。

シンプルなデザインのセーラー服である。付き合い始めた頃には大学生だったから、雅孝は妻がどんな制服を着ていたのか、それこそ披露宴で見た写真でしか知らない。だからこそ、妻に着て欲しいと思ったのだ。セーラー服を。

「あなた、本気？」

ジト目の美涼が本気で疑問視する。正気を疑っているような声色だった。

「い、いざとなれば催眠をかけて着てもらおうかなと」

「……あなたがこんなにバカだとは思わなかったかも」

「……ダメ？」

「あなたは、コレを私に着て欲しいんでしょ？」

呆れた顔をしているものの、美涼はまんざらでもなさそうな態度をとっていた。

「……もしかして、美涼もちょっとは期待してたりする？」

「そんなことあるワケないでしょ！　バカなこと言わないの！」

美涼はぷいっと顔を背けた。

「あ、あんまり無茶なことはしないでね？」

「……善処するよ」

この前と同じように、雅孝は催眠装置を傍らに置いた。

「そこで約束するって言ってくれないのね」

「美涼が魅力的すぎるのがいけないと思うんだ」

「……もう、バカなんだから」

軽口を言いあえる程度には柔らかい空気が漂っている。

「本当は、催眠なんかに頼らずに、美涼とのコスプレセックスを味わいたいんだけどね」

「……恥ずかしいからまだヤダ」

そう言って、美涼は逃げるように自分から催眠装置のスイッチを入れた。

美涼も、同じ気持ちではある。しかし、まだ美涼には催眠装置が必要だった。

「それじゃあ……」

先日と同じように雅孝は美涼に催眠をかける。

ぼんやりと虚ろげに宙を眺める眼差しは、これはこれで雅孝の雄欲を刺激する魔性を感じられるものだった。

「美涼……聞こえる……？」

「……はい」

「早速だけど、セーラー服に着替えてください」

「……はい」

雅孝が呼びかけると、美涼は緩慢な動きでパジャマを脱いで、用意したセーラー服に着替えていく。じっくり服を脱いでいく様子はさながらストリッパーのようで、そうして露わになった裸体がセーラー服に包まれていく様子はまるで変身ヒロインのようでもあった。

着替えの終わった美涼にさらに暗示をかけていく。

「えっと、俺と美涼は学生で、俺が先輩で美涼が後輩。そう、学生気分でエッチしよう。後輩の美涼が、先輩である俺の部屋にエッチしにきたんだ。十代の性欲で、思いっきりイチャイチャしよう」

それから手を叩くと、美涼がキラキラした瞳を雅孝に向けた。

「美涼、かかった？」

「なんのことですか、先輩？」

美涼はいつものように返事をしているが、雅孝への呼び方が「先輩」になっている。催眠は無事成功していた。

「ここが、先輩のお部屋……」

おもむろに立ち上がって、美涼が周りを見渡す。ムッチリとした太ももが顔を覗かせる、短かすぎるスカートがひらひらと揺れる。セーラー服は学生が着るのもいいが、とっくに学生という時期は過ぎた熟れた身体が纏《まと》うことでも別の色香を振りまく。美涼に着せたものは本物の制服ではないため生地は薄く、乳首の膨らみがはっきりと浮かび上がっていた。

「ここで先輩と……エッチしちゃうんですね……」

身体を預けてくる美涼に対して、雅孝はそっと唇を重ねる。軽いキスを交わしながら、制服のスカート越しに美涼の臀部をまさぐる。

「んふぅ……ん、ふぁああ……」

美涼の口からたまらなそうな声が漏れて、身をよじらせる。それは雅孝の抱擁から逃げようとしているのではなく、もっとしてほしいとせがんでくるようだった。

「先輩のおちんちん……当たってます……」

「美涼……もう、したい……」

十代並の性欲ということにしたら、美涼のほうから求めてくると思っていた雅孝だった。しかし、先に我慢できなくなったのは自分のほうだった。

「私も、したいです……」

美涼は自分からベッドに横たわり、スカートをめくりあげた。雅孝の前に露わになった女陰は、すでに潤っている。制服姿の妻に求められて、雅孝はより肉棒が滾っていくのを感じていた。さっそく雅孝は美涼の膣内へ肉棒を挿入する。

「んぅっ……！　はぁっ、ああ……奥まで……きたぁ……！」

美涼にねじこんだ肉棒はすでにガチガチに勃起していた。

「これっ、おへその裏側まで届いてっ……、あっ、ンッ、おっきぃ……ああんっ、私のおまんこ、先輩のに、ひろげられて……ます……！」

「全部入ったぞ……平気か？」

「あ……はい。大丈夫です……お気遣いありがとうございます……。んふぅ……痛いとか苦しいとか、そういったのは、ほとんどないですから……」

夫婦とは違う距離感。先輩と後輩という間柄。雅孝は、若干の緊張を含んだ美涼の抑揚をとても新鮮に感じた。制服ということで、鉄板の学生プレイを選んでみたが、王道こそ正義、大正解だったと雅孝は口元を緩ませた。

「……でも、なんというか、いつもよりまーくん先輩のおちんちん……なんか、圧迫感がすごいというか……えっと、その、ぶっちゃけ、いつもより大きくないですか？」

「美涼の制服姿が魅力的だからね」

「せ、制服なんていつも見ているじゃないですか」

「……あー」

美涼の反応は、雅孝が予想していないものだった。雅孝はこれをイメプレととらえていたが、催眠の効果か、美涼は雅孝の思っていた以上に「後輩の役」に入りこんでいるようだった。それはそれで雅孝の興奮をあおる。

「いや、ほらあれだ……制服エッチは初めてだしさ」

それを知った雅孝も、先輩役として美涼と向きあうことにした。

「そ、そんなこと言われたらぁ、意識しちゃうじゃないですかぁ……」

先輩としての反応をすると、美涼は頬を赤らめてすっと視線を逸らした。

「ひゃっ、い、いきなり大きくしないでくださいっ……!?」

「悪い……あまりにも美涼の反応がかわいかったからさ」

夫である雅孝は美涼の女学生時代を知らない。まるで彼女の過去に入っているような錯覚。青春時代を思い出す甘酸っぱい反応に、自然と下腹部へ血液が集う。

「か、かわいいって……んんぅっ！　あっ、またおっきくぅ……！」

「男のチンコは、自分の意志じゃ制御できないんだよなぁ」

「ち、チンコってぇ……まーくんのえっちぃ。あっ、また大きくなったぁ……！」

「美涼が興奮させるようなこと言ったせいだな」

「うぅ……無敵ですか。無敵チンコめぇ……」

美涼がうらめしそうに雅孝を見つめる。そんな状態で膣内の肉棒をヒクつかせると、美涼の表情はあっという間にほどけて甘い声を漏らす。

「嫌いになったか？」

「……まーくんって、たまにバカなトコありますよね」

「バカって……うおっ⁉」

どこか呆れたような言葉の直後に、膣内が

急激に収縮した。突然の快感が下半身を襲い、雅孝の口から情けない声がこぼれてしまう。

「まーくんが私に興奮してるのと同じくらい……私も、まーくんのこともっともっと強く感じたいって、思わないのかな……？」

いじらしい表情で、美涼は腰を小さくくねらせながら告げる。

「……美涼って、無自覚に男をオトす才能あるよな？」

「ん、ふふ、たとえそうだったとしても、まーくん以外に使うつもりありませんけど」

年が近いからこそ言いあえる軽口に、雅孝は辛抱できなくなった。

「んんぅっ、あっ、はぁっ、ふぐぅっ……！」

根元まで挿入した肉棒をぎりぎりまで引き抜いてまた一気に挿入する。最深から最浅まで堪能するピストンで雅孝は美涼の肉襞を味わう。絡みつく肉襞の温もりは、最高の快感を雅孝にもたらした。

「お腹の内側から、めくられる感覚ぅ……！　やっぱり、慣れないです……ンッ、んぅ」

「キツいか？」

「キツいっていうより、ぞくぞくする感じで。勝手に声が出ちゃう……んふっ、あんっ」

「嫌か？」

「い、イヤじゃないです！　嫌いじゃないです！　先輩と繋がってるのが、すごく実感できて……ふぁんっ！　でも、その……恥ずかしくって……ふぐっ、んぅうっ！」

「俺は美涼の声を聞きたいけどな」

　美涼の反応を見つつ、雅孝は普段のピストンよりも深く、美涼の膣内を突く。愛液はどんどん分泌されて、あっという間に蜜壺が蕩けていった。ヒダを突き潰すように先端で抉ると、美涼はひときわ大きな嬌声を飛び出させる。

「はぁっ、ああんっ！　まーくん先輩、がっつきすぎ、ですっ！　んっ、んふぅっ！」

「美涼が魅力的すぎるのが悪い」

　大きく変わっているものは態度と服装だけだが、美涼自身が美人だからこそ雅孝の興奮は止まらない。セーラー服をめくりあげてぎゅっと押しこまれていた美涼の爆乳を飛び出させると、大きく指を開いてわしづかみにする。

「ふぁっ、あっ、おっぱいっ、んやっ、指ぃっ、食いこんで……あんっ、だめ、そんなに強く揉んだらぁっ……！」

「こんなに大きな胸を前にして、揉まないほうが失礼でしょ」

「んっ、ああっ、失礼って……ぇっ……！　ひゃぁんっ！　声、出ちゃう……！　恥ずかしい声、聞かれちゃ、ふぁあっ！」

　指の隙間からこぼれそうな乳房をたぷたぷと揉むたびに、美涼の口から甘ったるく崩れた嬌声がこぼれる。

「相変わらずエロい声だなぁ」

「やっ、ダメっ、聞いちゃやダメぇっ！」

「そういわれると、聞きたくなるのが男心よ」

「そんなっ、あふぁっ、ンッ、ひぁあっ！」

雅孝は緩急をつけて乳房を揉んだ。翻弄される美涼の膣内は、きゅうきゅうと締め付けが強まっている。艶めかしい悲鳴が雅孝の嗜虐心《しぎゃくしん》を煽る。より鮮烈な刺激を与えるべく、指先でツンと尖る乳首を弄る。

「ふぁあああ！　乳首っ、つまんじゃ……アンッ！　こりこりって、潰すのもっ、ンッ、あはぁっ！　今、敏感になって……んっ、くぁっ、んふぅうっ！」

指で潰すように転がすと、美涼は高い嬌声をあげて身を強張らせる。

「美涼って、けっこうマゾなところあるよな？」

「そんなことっ……！　んふっ、私、マゾなんかじゃっ……！」

「こうやって乳首を刺激されても感じちゃうし、おっぱい全体をぎゅって潰されても感じちゃうもんな」

「こ、これはべつに、ンッ、あっ、やぁあん！」

反論しようとする美涼だが、雅孝の愛撫のせいで喘ぎ声へと変換されてしまう。

雅孝は胸だけでなく膣内も巧みに刺激して美涼のことを追いこんでいた。深い部分だけでなく、膣の上口の部分が何度も擦られる。

「ひぁあっ、ンッ、ふぁああっ、あっ、やっ、ああぁんっ！」

子宮を揺さぶるようなピストンではなく、亀頭で肉襞をそぎ落とすような刺激。美涼の腰がヒクヒクと反応する。

「はぁっ、ああっ、ダメぇっ……！　さっきまで、ああっ、あんなにがっついてたのに、いきなり優しいピストンに変えられたらぁ……んっ、ふぁ、が、我慢できなく……んふぅ、なっちゃいますからぁ……」

熱っぽい吐息を漏らして、美涼が身をよじらせる。

「なにが我慢できなくなっちゃうんだ？」

美涼のおねだりを引き出したくて、雅孝はじれったいピストンを続ける。

「それ、はぁ……ああっ、んんぅ……」

「なにが我慢できなくなっちゃうんだ？」

「ま、まーくんのイジワルぅ……」

美涼は上気した頬をぷぅっと膨らませる。完全に誘い受けの妻は、決して意図的にやっているワケではないだろうが、ピンポイントで雅孝の悦ぶ反応と表情を見せてくれる。それは当然、雅孝にドストライクなわけで、雅孝は再び腰に力をこめる。

「ふああっ！　あひっ、ひっ、ひぃいいんっ！」

お預けされていた膣奥への刺激に、美涼はひときわ大きな嬌声をあげた。

むっちりとした美涼の太ももをしっかりと抱えて、雅孝の肉棒は美涼の膣奥、子宮口を擦るように突き入れられる。

「やっ、はぁっ、奥、奥ぐりぐりって、ダメぇっ！　んぁあっ、待って、待ってぇっ！」

「ダメなんだ？」

「ダメなんですっ！　ンッ、変なんですっ、なんか、変なのっ！　キちゃうそう……！　ぞくぞくって、怖いのが……んぁっ、おへそのところから、広がってて っ……！」

雅孝がわざわざ確認するまでもなく、美涼の声から余裕がなくなっていた。どうやら、学生という設定のせいか絶頂の感覚がわからなくなっているらしい。

「ひぁっ、先輩ダメっ、それダメっ、激しくしちゃっ、あっ、ひぃっ！」

絶頂に至る予兆がきているると理解した雅孝は、滾る欲望のままに美涼のことを抱き寄せて叩きつけるように腰を振る。

「ひぁっ、あっ、あっ、ダメっ！　んくふっ、力、入んなくなっ、んんぁっ！　先輩っ、ダメですっ、んはっ！　奥っ、ヒッ、おかしくなっちゃうっ！」

美涼は身をよじらせて、迫りくる未知となった絶頂から逃れようとしていた。雅孝はそんな美涼の肢体をしっかりと押さえつける。有無を言わさず、美涼に絶頂を与えようと積極的に膣奥を責める。

全身から甘い匂いのする汗を噴きださせる美涼は、下半身からくる恐怖におびえながらも甘い声を抑えられずにいた。精神的に絶頂を忘れていても、これまで雅孝と何度もセックスしてきた肉体は、その快感を知っている。だから、雅孝の責めに反応してしまう。粘度の高い愛液を溢れさせて、結合部をベトベトにしてしまう。

「あっ、あっ、クる、クる……キちゃうっ……！　はぁっ、はぁっ、先輩っ……！」

「いいぞ、美涼、そのまま、イッちゃえ！　イけっ！　イくんだ！」

「ひぃいいっ！　ひっ、くひぃっ！　イッ、イク……イクっ……！」

ぷしゅっ！　と勢いよく噴き出た潮がベッドを濡らす。絶頂を迎えた美涼の身体が、雅孝の腕のなかでガクンと震えた。

絶頂中の膣内が幾度となく痙攣《けいれん》を繰り返している。若い頃だったら間違いなく雅孝は射精してしまっていただろう極上の締め付けだった。

「あっ、あっ、ひぃ……あはぁあっ……！　イ……イッた……？　はぁあああぁ……」

美涼は自分の身に起きたことを確かめるように口にしながら、乱れた呼吸を整える。

「だ、大丈夫か？」

「だ、だいじょぶ……ン……たぶん、だいじょぶ……んはぁ……。ちょっと、驚きましたけど……まだ、耐えられると思いますぅ」

絶頂直後で力が入らないだろうに、美涼は雅孝への気遣いを第一にしていた。

「私は大丈夫です……私のほうは大丈夫ですから。まーくんは、私をきもちよくすることだけ考えてください。私のことは構わず、シてください。きもちよくなって、きもちよくしてください……。いまさら、遠慮なんてしなくてもいいですから、もっとまーくんとのエッチを、好きにさせてください」

繋がったまま、汗でじっとりと濡れた顔で美涼が雅孝を見つめる。そして、我慢しなくていいと、もっと激しくしていいと、すべて受け入れると告げた。雅孝の理性をたやすく崩壊させる言葉だった。

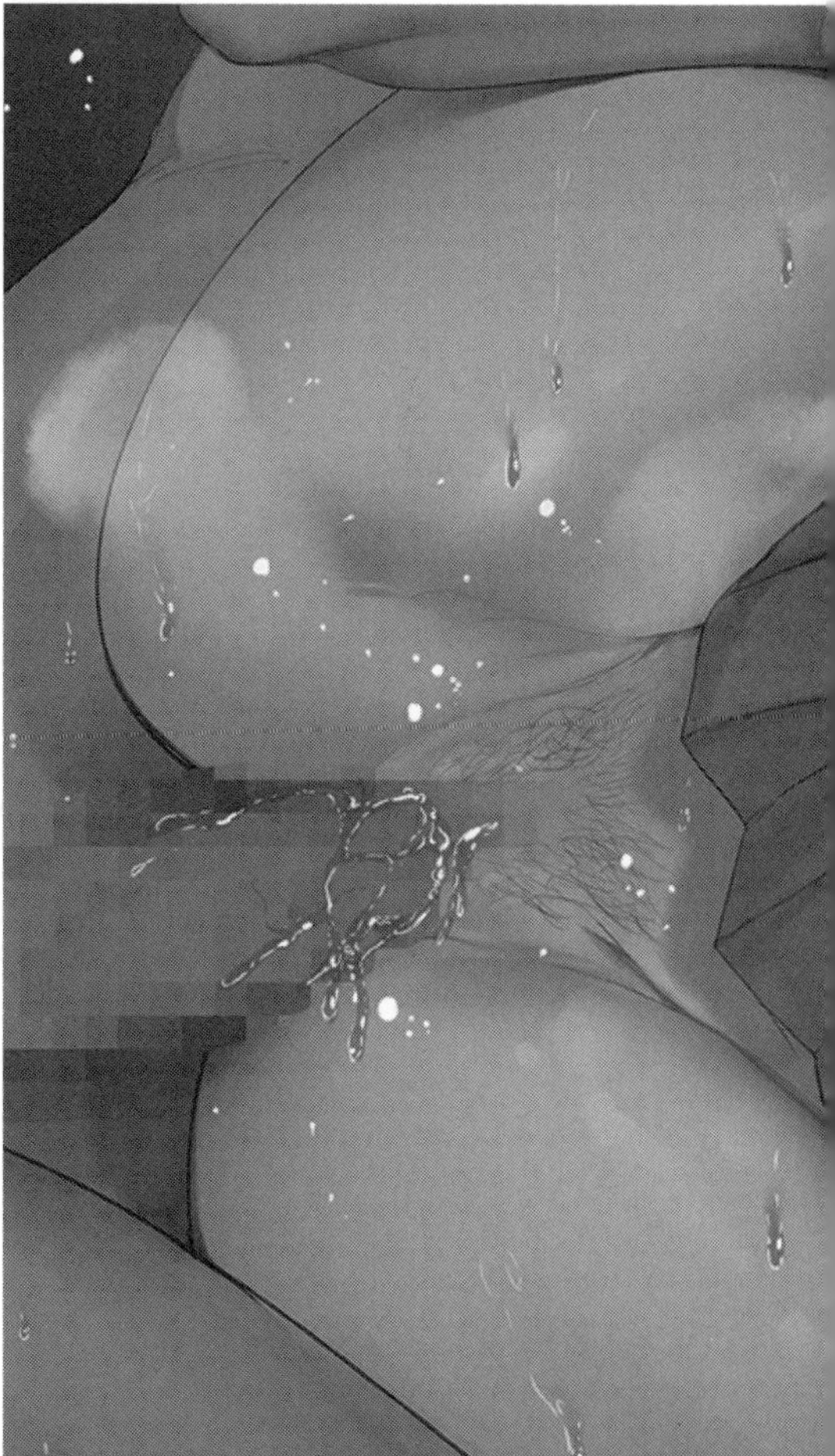

「んはぁっ、まーくん先輩のおちんちん、跳ねて……！」
「美涼がかわいいこと言うからだっ！」
射精したいという本能的な衝動に任せて、雅孝はトロトロに蕩けた膣内をかきまわす。

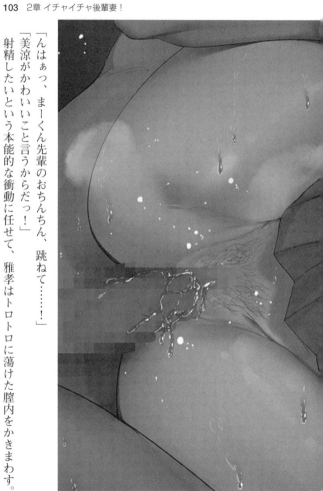

「美涼っ！　美涼っ！」

「んふぁっ！　あっ、はぁんっ！　まーくんっ、は、激しぃいっ！」

学生のみずみずしさと人妻の肉厚な柔らかさを兼ね備えた、夫を射精させるためだけに存在する蜜壺を、雅孝は夢中になって貪る。膣だけではない。腰がぶつかるたびにだっぷんだっぷんと弾む乳房もしっかりと掴んで離さない。

「んくっ、ふはっ！　声っ、我慢できないっ！　ンッ、あはぁっ！　まーくんの、指っ、ぁあっ、おっぱいに……んくっ、食いこんで……ふぁあっ、おっぱい、潰れっ、ンッ、のびちゃうっ、あっ、ふぁあああっ！」

「でも、気持ちいいだろ？」

「ンッ、はぁっ、気持ちいい……です！」

次第に美涼も腰をゆすって、自分からも快感を求めるようになっていた。

「ぞくぞくするのっ、止まらなくなってぇ……！　はぁっ、熱いのっ、先輩のがっ、入ってくるだけでほかにっ、なにも考えられなくなっちゃいます……！」

美涼の一挙一動が雅孝の興奮を煽る。彼女が目いっぱい気持ちよくなるように腰の動きをどんどん激しくする。

「くひっ、あっ、そんなっ、激しく……ひゃふぅっ！　感じすぎてっ、んぁっ、おかしくなっちゃうっ！　アアッ、頭のナカっ、ぐちゃぐちゃになっちゃ……ひゃはんっ！」

雅孝の手がさらに美涼の乳房を愛撫する。絶頂直後の肉体に施される度重なる愛撫に、美涼はあっという間に快感がキャパオーバーになりそうだった。

「くぅっ、んふぅっ、ひゃぁっ、おっぱいにぃっ、ち、乳首まで……んあっ、こりこりって……あっ、んひぃいんっ！　だ、ダメ……！」

「胸を触らせるのは嫌いか？」

「ち、違っ、そうじゃなくて……んぁあっ！」

胸への愛撫から逃れようとする美涼を見て、雅孝は膣内への責めを強める。しっかりと美涼の身体を抱きかかえて、愛液でひたひたの蜜壺を抉った。出し入れのたびに本気汁がかき出される。嬌声に混じる卑猥な水音がどんどん大きくなる。

「んあぁっ！　ぜ、ぜんぶっ、感じちゃいますっ！　先輩と、シてっ、んんっ、ぜんぶ敏感に……あっ、ああっ、むり……こんなの、むりっ……！」

「……今度、俺より先にイッたら中出しするね」

「なっ、中にっ……!?」

美涼の身体がビクンと跳ねる。同時に、膣内もきゅうっと収縮して肉棒に食いついてきた。自分が学生であると認識しているからこそ、美涼の中に生じた理性が反応したのだ。

「ナカっ、ナカは……ひぅっ!?　ダメっ、そんなことしたら、できちゃうっ！　あっ、赤ちゃんが……ひあぁっ！」

興奮と快感と理性の狭間で美涼が揺れている。そんな状態で、雅孝の肉棒は先ほどよりも強烈に締め上げられていた。中出しに対する新鮮な反応に、雅孝の興奮が跳ねあがる。

「ま、待って……んひぃっ！　きょ、今日は危ない日、だからぁ……あひぃん！」

「待たない。美涼が俺より先にイッたら絶対に中出しする」

「そんなぁっ！」

絶対に中出しする。そのために美涼のことをイかせる。美涼の理性が快感で崩れる様子を見たくて、雅孝は必死に腰を振る。膣奥だけではなく、胸や乳首へも愛撫を加えて、美涼のことを追いこんでいった。

「……油断すると、こっちが先にイきそうだけど」

しかし、雅孝も限界だった。射精衝動を寸前でこらえている状態だ。

「くっ、ふぅううっ！　くふぅううううっ！」

同じく、美涼も愛液をまき散らしながらもなんとか最後の一線だけは越えないようにと必死に耐えている。顔を真っ赤にして下唇をきゅっと噛んでいるが、下半身は雅孝のピストンに合わせてくねってしまっている。

「随分と粘るな。美涼は子供嫌いじゃないよな？」

「べ、べつに嫌いじゃ……んふぅっ、ないです、んぁっ、けど……」

「じゃあ、俺との子供を作りたくない感じ？」

「そ、そういうわけじゃ……」

「俺は美涼との子供、欲しいけどなぁ」

「せ、先輩ぃっ！　今そんなこと言うの、ずるいぃっ！」

押してダメならと引いてみた雅孝。その作戦は大成功で、美涼の膣内が強烈に収縮した。

「わ、私だって、欲しいですっ、けど！　でもっ、でもっ、まだ私たち学生でぇ……！」

「ちゃんと責任とるからさ」

「そ、それってっ……！　ひぁああああっ!?」

雅孝が耳元でささやくと、美涼の膣肉が硬直し、全身が弛緩する。

「美涼が想像したとおりの意味だ」

そう告げて、雅孝は隙を見せた美涼の身体を一気に絶頂へと押し上げる。

「あっあっあっ、またっ、激しくぅっ！　ああっ、おっぱいまで、ンッ、ぎゅってしながらおまんこの奥っ、奥……んぅううううっ！」

「俺の子供を産んでくれっ……！　美涼っ！」

射精したくてたまらない状態。限界まで膨れ上がった肉棒で、雅孝は美涼の膣奥を何度も小突く。本能のままのピストンに、美涼の身体も正直なメスの反応を返す。

「断れるわけないっ！　先輩に、そんなこと言われて……んあっ、むりっ、んんっ、気持ちよすぎるのっ、我慢なんて絶対むりぃっ！」

びくんっ、と美涼が全身を震わせる。愛しい相手からこれ以上ないほどに求められて、必死に抑えこんでいた快感が一気に爆発してしまった。

「ダメっ、ダメっ、ダメっ、こんなの無理っ、おかしくなるっ！　気持ちいいっ、気持ちいいのが止まんないっ、ぐちゃぐちゃでっ、止まらないっ！　ひぅううっ！」

絶頂の波が美涼の身体を何度も襲う。身体と声を震わせて、美涼の腕が雅孝を求めるように空をかく。

「くっ、クるっ、キちゃうっ……！　ああっ、さっきよりも、おっきいの……！　いっ、イヤぁっ、また私だけっ、イキたくないっ、ンッ、ひとりでっ、イキたくないのぉっ！」

雅孝はそんな美涼の求めに応じて、ぎゅっと手を握った。指を絡ませて、絶対に離れないように強く握る。

「んぁあっ、先輩っ、先輩ぃっ！　一緒につ、一緒に……イッて……ナカに、出して……！」

「ああっ、イクぞ、美涼！　ナカに、出す……！」

「出してっ、出してっ、出してっ！　ナカに出してっ、ナカに出してぇえええっ！」

腰をしっかりと美涼に密着させて、雅孝は精液を放つ。

「あっあっあっあぁぁぁあああぁぁっ！　イクッ、イクッ、イクッ、イクぅうううっ！」

これまでで一番大きな歓声をあげて、美涼は全身を大きくしならせる。噴水のような潮がぶしゅっ、ぶしゅっと数回にわたって吹きあがる。

「先輩の……赤ちゃんの、素ぉ……。どくっ、どくってぇ……出てる……。あ、ああ……熱いので……また、イクっ……！　ンッ、出されてイクの……イッ、くぅ……！」

美涼は激しい痙攣を繰り返している。膣内では肉襞が貪欲に肉棒に絡みつき続けて、雅孝の射精を強制する。

「ひぃっ、ひぃっ、ああっ……！　また……イッ、くぅ……！」

下腹部を激しく上下させながら、美涼は何度も絶頂に全身を震わせた。

「大丈夫か、美涼？」

制服が肌に張り付くほど汗だくになった美涼に向かって、雅孝はやっと声をかけることができた。

「まーくん……まーくん、先輩……。そのまま……ぎゅって、しててください……」

やりすぎたかと思った不穏な空気が一瞬で消えた。

「絶対、離さないで。離れないで。離れちゃ、ヤだ」

「ああ、わかった」

甘えるような声で雅孝を求める愛らしい後輩の求めに応じて、自然と体重をかける。

「あぁぁぁっ……！」

そうすると、自然と肉棒がまた膣奥へと沈んでいく。

粘膜同士が繋がりあったまま、ふたりは見つめあい、深呼吸をする。溶けあって、輪郭すら忘れるような心地は、セックスとは違う満足感をもたらす。

「先輩……これ、好き……」

身体だけでなく、心すらもつながりあう幸福な一体感。それはふたりが時間の経過とともに忘れかけていたものに感じられた。

「先輩……なにも考えられないくらい、気持ちいい……」

「そうだな……」

「先輩、すき……すき、すき……すきぃ……」

「俺も……すき。美涼のことが、すき……」

しばらく繋がったまま、雅孝と美涼は子供のように相手への好意を確かめあった。


行為を終えて、美涼はそのまま眠りについた。

もろもろの片づけを終えた雅孝は、艶やかな彼女の髪を優しく撫でながら、競りあがってきた眠気をきゅっと噛みしめる。

「しかし……本当、催眠の効果はすごいなぁ」

先ほどまでしっぽりとセックスを愉しんだばかりだというのに、気づけば次のセックスのことを考えてしまっていた。

「こうして時間を気にせず楽しめるのも、同居婚である夫婦の特権だよなぁ。考えているだけで楽しくなってくる……ふわぁ」

ちょっと前までは考えられなかった充実感は、そのまま幸福度の表れだった。

「おやすみ、美涼」

柔らかく甘い匂いを感じながら、雅孝も心地よい眠りに落ちていった。

3章　献身エッチナース妻！

　その日、雅孝は仕事で失敗した金田を居酒屋で慰めていた。軽く付き合う程度に酒をたしなみつつ、ダウナーに入らないように適度に励ます。金田は、その案件に相当入れこんでいたようだった。落ちこむのも無理はない。

「うぅぅ……。俺が女なら絶対に惚れてるッスよ先輩～。俺の面倒、一生見てくれないッスかぁ。立派になりますからぁ」

「妻帯者を口説くんじゃない。ほら、水だ飲め飲め」

　金田と一対一で飲むのは久しぶりだった。若干ペースが速かったのか、金田はすっかり酔っぱらってしまっていた。

　それから、帰る途中でウーロン茶と騒ぐ金田を連れて、深夜でも営業しているド○キへ。雑多な店内を金田と一緒に歩き回るうちに、入ってたアルコールが身体から抜け、適度な理性が戻ってきた。

「ウーロン茶と、ウーロン茶。それと、ウーロン茶……」

「なんでお前はいろんな種類のウーロン茶を買いこんでるんだ？」

「その場のノリッス！　後悔はあとですればいいのです！」

金田は相変わらずハイテンションだった。そのうちに酒も抜けるだろう。

雅孝の意識は、ウーロン茶を物色する後輩から周囲の珍しい商品へと引っ張られる。

「これは……」

雅孝は驚いた。まさかこんなところにコスプレ用の衣装が売っているなんて。

「なるほど……流石は先輩。いい趣味してますねぇ！」

「うおっ、いつの間に後ろにいたんだ！」

「まあまあ。とりあえず、俺のほうは買うものも決まったッスから。出ましょうか」

そう言って、金田は雅孝が見ていた衣装を自然な流れでカゴへ放りこんだ。

（金田に買われてしまった……）

少しだけ残念に思いながら、金田と一緒に店を出た。

「先輩、今日はありがとうございますですね！」

ぺこっと腰を折り曲げて頭を下げる金田。

「かわいい後輩のためだ。これくらいならいつでも付き合ってやるさ」

「ありがとうございまーす！　てことで、俺からの礼ッス！　受け取ってくだしあ！」

「お、おう……」

雅孝は金田に紙袋を押し付けられた。雅孝がひるんでいるうちに、金田の姿はあっという間に見えなくなった。

「お礼ってなんだっ……！」

あとからその中身を確認して、雅孝は驚く。

先ほどの店で金田がウーロン茶と一緒に買っていた衣装がそこにあった。


「おかえりなさい」

「あ、ああ。ただいま」

雅孝が帰ると、いつものように美涼が迎える。

「随分いっぱい飲んだのね。お酒の匂いが凄いわ」

くんくんと鼻を鳴らしてから、美涼は心配そうに雅孝の様子をうかがう。家に帰ってきたという強い実感が、雅孝の心に安堵をもたらす。

「まだお酒が入っていて危ないから、お風呂はやめときましょうか。なにかつまめるものと、氷をいっぱい入れたお水を……あ、荷物も部屋に」

「え、あ、いや」

鞄を美涼に渡そうとして、雅孝は制止する。

「どうしたの？」

「荷物は自分でもっていくよ。美涼は料理のほうを頼む。うん」

「そう？　わかったわ」

美涼はなんの疑いも持たずにキッチンのほうへと向かっていく。その後ろ姿を見ながら、雅孝は迅速かつ静寂な足取りで部屋へ向かう。そうして部屋に戻った雅孝は、カバンの中にしまったプレゼントを押し入れの中に隠した。

「さすがにこれは……怒られる気がするもんなぁ」

これは雅孝が買ったものではないが、ここ最近はこういった衣装ばっかり買っている。美涼の「無駄遣いしないの」という注意も耳にタコがいくつもできるくらい聞いた。

「あわてず騒がず、ちゃんとタイミングを見計らって……」

この衣装も、いつかは着てもらおう。そしてそれは今ではない。

今は我慢の時だと雅孝は自分に言い聞かせた。


翌日。

「随分と眠たそうね。昨日はやっぱり相当飲んだの？」

雅孝は美涼に起こしてもらっていた。

「次の日まで残らない程度には抑えていたつもりなんだけどなぁ」

「お仕事だったら仕方ない面もあるかもしれないけど……あんまり無理しちゃダメよ？　自分では気が付かなくっても、見えないところで疲れがいっぱい溜まってることもあるんだからね」

「ん……。次から気を付ける」

昨日は最低限の理性はあったし、記憶もきちんとある。しかし、こうして翌日にまで影響が出てしまっている。性欲は衰えてないという自信がある雅孝だが、別のところでは歳の影響が出始めていると感じた。

それから、いつもどおりに出社。

昨日の落ちこみっぷりから考えられないほど元気になっている後輩の姿を見ながら仕事を終えて、雅孝は家に戻った。

「……ただいまぁ」

「……おかえりなさい」

雅孝を、美涼はなんとも複雑な表情で迎えた。二日酔いで本調子ではない雅孝は、先に食事にすると告げて寝室へと向かう。

「さすがに今日は疲れ……ヒィッ⁉」

重い足取りで寝室に入り、着替えようとした雅孝に悲劇が襲う。机の上に、まるで思春期に母親が見つけたエロ本のように、昨日の衣装が置かれていた。

「な、なんでこれが⁉」

「さて、なんででしょう？」

振り返ると、美涼が笑顔……いや、笑顔に見えるが笑っているわけではない表情で立っている。

「おかず、温めたわよ」

「あ……は、はい」

明らかに引いた声で、美涼はその衣装についての言及をしなかった。雅孝も、ここで安易な行動ととることもできなかった。

「……また買ったのね」

食事を終えて、寝室にやってきたふたり。礼の衣装をベッドの上に置いて向かいあって座っていた。

「ち、違うんだ！　これは後輩から！　金田から強引に押し付けられたやつで！」

「ふぅん」

「美涼に似合うかなって思ってみてたらさっ！　横から金田が買って、プレゼントしてきたんだ！　嘘じゃない！　嘘じゃないんだ！」

「……じゃあ、なんで黙ってたの？」

冷たい視線が雅孝にグサグサと突き刺さる。

「そ、それは、そのっ、勘違いされるよりっ、タイミングを見て渡そうかと……」

雅孝は、うつむいたままの美涼に対して、必死に情けない声の説得を続けた。醜い言い訳にしか見えないだろうが、かまわない。こうなれば、すべて包み隠さず話してしまうのが潔さというものだ。

「はぁ……。隠すくらいだったら、事前に話してくれればよかったのに」

呆れながら美涼がつぶやいた言葉は、雅孝が予想していないものだった。

「……え。もしかして、美涼も実はそういうの期待してた？」

「はぁっ⁉　そ、そんなことっ、ち、違うにきまってるでひょっ⁉」

「あ、噛んだ……」

「噛んでまひぇっ！」

雅孝のデリカシーに欠ける質問に、美涼の顔が真っ赤になった。動揺する妻の様子を見て、雅孝は緊張がふっと解れるのを感じる。

「……よかったぁ」

そして、大きなため息がこぼれる。

「あなたも……好きなのよね、こういうの」

恥じらいがちに美涼が衣装を指さして訊ねる。その意思表示は、間違いなく「その先」を期待したうえで向けられたものだった。

「ああ、大好きだっ！」

昨晩の酒が残ったままだと疑われるほど大胆に、雅孝は惜しげもなく美涼にまっすぐな好意を口にした。

「……もう、調子いいんだから」

美涼が自然と催眠装置に手を伸ばす。

「……あ、やっぱりそれ必要？」

「こんな服、素面でも酔っぱらっていても、恥ずかしくて着られないわよ。はい」

美涼に催眠装置を手渡された。

今夜こそは装置抜きでセックスに臨めそうな雰囲気を感じていた雅孝だったが、まだ美涼には催眠装置が必要らしい。

「それじゃあ……始めようか」

「……はい」

スイッチを入れると、いつものように美涼がぼーっとした空気を纏《まと》う。ここ最近は催眠状態になる時間が短くなっていた。それだけ美涼が雅孝のことを信頼しているのだ。なんの疑いも持たずに催眠を受け入れてくれる妻に感謝しつつ、雅孝は暗示をかける。

「今日の美涼は看護師……ナースです。最近、疲労が溜まっている患者の俺を、エッチに看病してください」

「は……い……」

美涼にはナース服に着替えてもらった。

機能性を重視したシンプルな構造。頭につけたナースキャップも様になっていて、でき上がった爆乳ナース妻は、誰がなんと言おうと白衣の天使だった。

単なる仕事着だというのにそこはかとないエロスを感じる。制服の魅力を雅孝は再認識してごくりと生唾を飲んだ。

「それでは籠原さん、診察の時間ですよ」

優しく微笑む美涼に介助されながら、雅孝はベッドに仰向けになる。最後まで至近距離の美涼は、胸を雅孝に押し付けてくる。ややキツめの衣装に押しこまれた爆乳と、ミルクのような甘い匂いを感じると、雅孝の鼓動は高鳴り、下半身に血液が集う。

「随分とまた、大きく腫れているみたいですね……」

勃起した肉棒に美涼がそっと手を添えて、優しく撫でる。その表情には、ただの患者に向ける以上の情熱があった。

「入院していると、ひとりじゃ処理できないから大変ですね。ん、ふふ……凄く硬くなっていますよ。ゴムで包まれた中に骨の芯が入っているみたい」

されるがままに服を剥かれた雅孝は、勃起しきった肉棒を操縦桿のように美涼に握られてしまっている。視界の大部分を占めるたっぷりと詰まった爆乳の存在感が、雅孝から余計な思考を奪う。

「患者さんの不調に対応するのは看護師の仕事ですから。私がきちんとヌいてあげますからね……。でも、こんなことするの……籠原さんにだけなんですから」

美涼の熱を帯びた吐息が雅孝の胸板をくすぐる。肉棒を弄《もてあそ》ぶ彼女は、痴女というよりは餌を見つけた獣のようだった。

「力を抜いてくださいね……。私にゆだねて……気持ちよくして差し上げますから……」

下半身を撫でる手は優しく、甘ったるい声も相まって雅孝から抵抗する気力を奪う。母親が赤子にするような柔らかい手つきで、勃起した肉棒に下準備を施す。

「ン……うふ、ビクビクしてすっごくかわいい。皮を剥いた先っぽ……あら、あらあら、籠原さんのココはずいぶんと敏感なんですねぇ」

大きくなった肉棒を見つめて美涼が心の底から楽し気な笑みを浮かべた。白い手袋に包まれた指が、しっかりと竿を握って上下する。強めの刺激に、雅孝の口からたまらず声が漏れてしまった。

「気持ちいいですか？　私の指でしごかれるの、ちゃぁんと気持ちよくなれてますかぁ？」

逆転することのないナースと患者という立場関係のせいだろうか。雅孝は美涼の言動からサディスティックな魅力を感じ取った。

「かわいい反応……」

小さく笑った美涼の顔が雅孝に近づいて、柔らかく濡れた舌が乳首をとらえる。

「んれろ、れろぉ……。ろぉれふ、か……？　こうして女の子みたいに、乳首を舐められながらされると……れろぉ、ゾクゾクするでしょう？」

小粒のキャンディを舐めるように、美涼は乳首をなぞるように舌を動かす。ぷっくりと膨らんでしまった乳首を舌先がはじくと、雅孝からは情けない声が出てしまった。その間も下腹部ではいきりたつ肉棒が刺激され続けている。優しく、ゆったりとしたリズムでしごかれている。

「ど、どこでこんな技を……？」

このままだとあっという間に射精まで導かれてしまいそうで、雅孝は少し世間話に逃げることにした。

「……どこで学ぶと思いますかぁ？」

挑発するような口調と耐えることのない甘い刺激。やり取りから浮かぶ背徳的な想像に自然と腰が浮いてしまう。

「じゃあ、もしも当てられたらぁ……んっ、れろぉ、とっても素敵なご褒美をあげますよ」

我慢汁の染みた手袋で勃起をさすりながら、美涼は問いかける。巨乳を密着させての丁寧な乳首舐めも同時に行われ、雅孝の思考力を奪う。

「ん、ぺろ……。乳首もおちんちんも……ガッチガチ……興奮しすぎですよぉ。んっ、ほらぁ、まだなんれすかぁ？　れろっ、れろっ。クイズなんれすからぁ、ちゃぁんんと答えてくれなくっちゃぁ……」

奉仕を続けながら悪戯っぽい口調で美涼が回答を促している。

「ほ、本とか？　ＤＶＤ……とか、か？」

「……んふっ、せいかぁい♪」

やっと絞り出した回答と同時に、美涼の手に力がこめられて、肉棒にさらに強い刺激が与えられた。痛みはないものの、雅孝の口からくぐもった声が飛び出す。

「んふふっ、見事に正解した籠原さんには、女の人が考える『男の人が最高に気持ちいい射精』を体験してもらいますねぇ」

「へ……っ⁉」

本格的な手コキと、入念な乳首舐めが開始された。性感帯を同時に刺激するその行為は、雅孝の予想をはるかに超えた快感をもたらす。男女共通の性感帯である乳首を吸われる刺

激に、背筋を怖気にもにた感覚が走る。美涼の柔らかい唇が乳首に吸い付き、口腔では舌がコロコロと転がす。

「かわいい声が出ちゃってますよぉ。そんなに乳首を吸われるのが気持ちよかったの？」

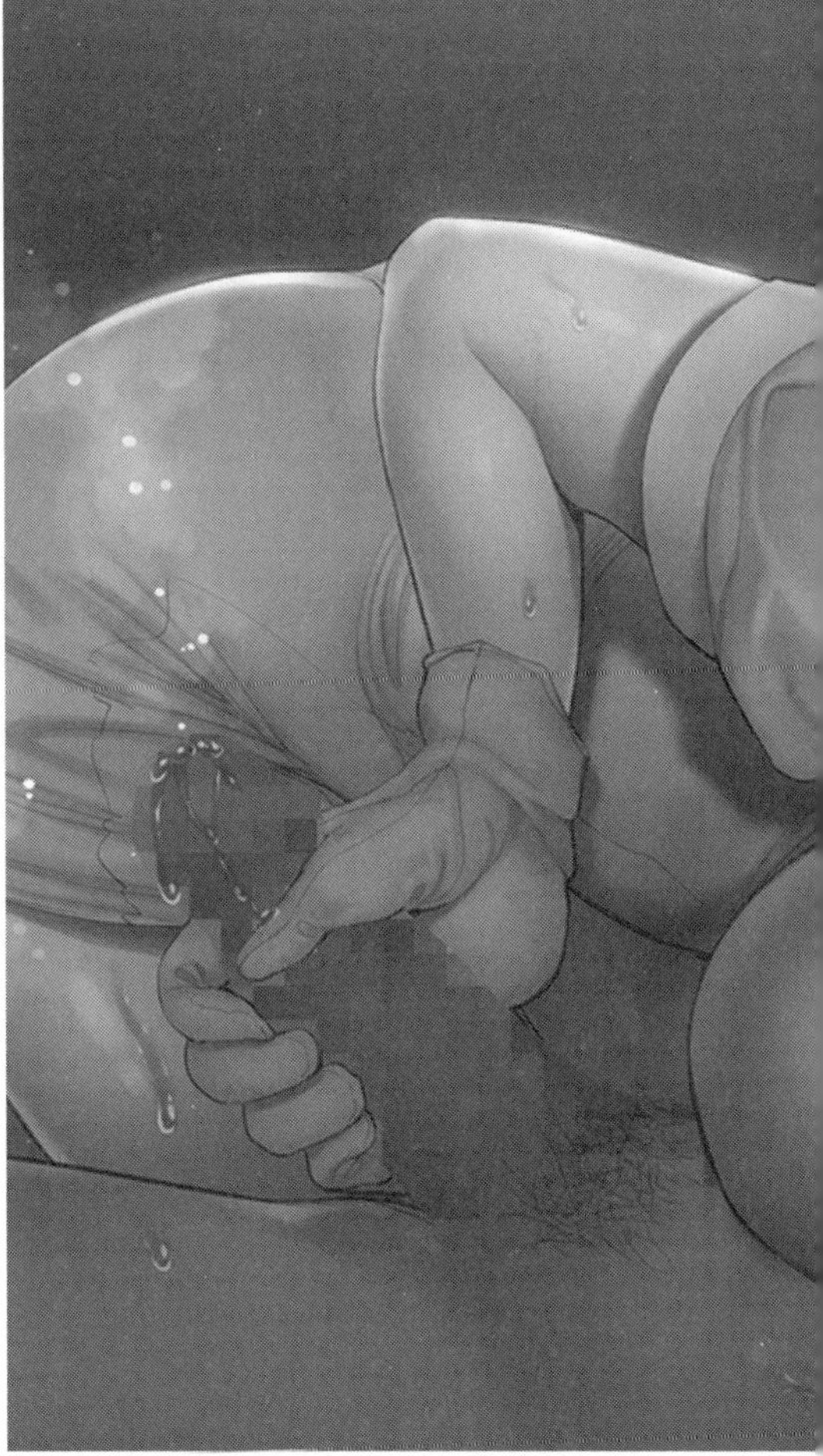

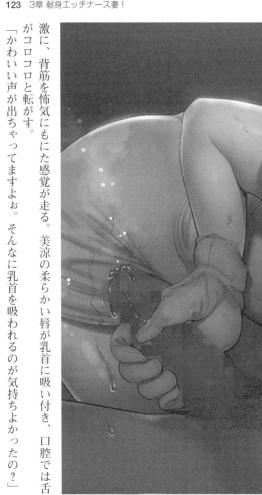

「……そりゃあ、普通に生活してたら、乳首なんて吸われないし」

「くすくす。まあ、男の人はそうでしょうね。でも……乳首だけでそんなに感じちゃって、大丈夫かしら？」

手コキも激しくなり、雅孝の下半身を蕩かせる。たっぷりの柔乳肉布団で抑えこまれた状態で、一方的に性感帯を嬲《なぶ》られる。雅孝の思考をマゾの悦びが支配していった。

「んふっ、ちゅぶっ。最初とはくらべものにならないくらいおちんちんがガチガチになってるわねぇ。我慢汁で手袋もベトベト……。この量、ザーメンかと勘違いするくらい。女の人を孕ませたくって堪んないって感じの量ねぇ……」

美涼の視線が股間へと向けられる。先走り汁を吸って滑りのよくなった手袋が、ヌルヌルと竿を刺激し続ける。パンパンに膨らんだ亀頭を湿った布地が擦ると、むずがゆいような感覚が広がって雅孝の腰を震わせた。

「れろぉ、んふ、ちゅ……。乳首も、男の人のとは思えないくらい硬くなって……。籠原さんは、一方的に女の人に責められるのに興奮する変態さんなのね……」

今の雅孝は美涼に言われるとおりで、言い訳すらできない状態だった。

「ふふ、いいのよ。気持ちいいなら、ぺろっ、気持ちいいで、それでいいの。だから、余計なことをなにも考えられなくなるくらい、激しくして、気持ちよくしてあげる」

甘ったるい快感と誘惑とで、美涼が雅孝の心を溶かしていく。慈愛と欲望に満ちた美涼の誘惑に抗えない。

「も、もっと激しくしてください……！」

「あらあらぁ……。ふふっ、やっぱり篭原さんって……マゾ、だったのね」

堕落していく雅孝を、気安さの混じった軽い口調で蔑みながら、美涼は小悪魔のように八重歯を見せて笑った。

「でも、仕方ないわよね。気持ちいいのは正義だもの」

先ほどまでは準備運動だったと言わんばかりに、濡れた舌と口が雅孝の乳首を責めたてる。口の中は生温かい唾液で潤い、舌が動くたびに水のはじける音が響く。その間も美涼の手は休まずに勃起をしごいている。射精欲が膨らみ、精液がこみあげる。

「ダメ。簡単には出させてあげないんだから」

射精寸前で美涼に肉棒の根元を握られた。雅孝の口から声にならない悲鳴が飛び出し、全身が硬直する。

「んふっ、ちょっと激しくしただけでイかせるわけないでしょ？　それに、手コキの刺激だけでイくなんてもったいないわ。どうせなら乳首と一緒にイッてくれなきゃ……」

無理やり射精を止めたうえで、乳首と肉棒への責めが再開される。溢れた先走り汁にまみれた手がエラをひっかくように擦る。鈴口がぱくぱくと開閉して、ドロリと濃い汁を溢れさせた。

「んちゅっ、ちゅぶっ。んふふ、我慢汁まみれで、ぐちゅぐちゅってすっごい音……。まるで本当にセックスをしているみたいね」

挑発的な眼差しを浮かべながら乳首舐めと手コキが行われる。圧倒的な快感を雅孝は受け入れるしかなかった。理性も、プライドも、余計な思考も、美涼が与える快感によってすべて溶かされる。

「んふふっ、ビクンビクンしちゃって、もうイキそう？」

「あ、ああ……」

「そっかぁ。じゃあ、ちゃんとイキたいって言ったら、イかせてあげるわ」

精液がこみあげてくるタイミングで肉棒が締め付けられる。すっかり射精をコントロールされた生殺しの状態だった。

射精衝動の高まりが限界を迎えようとしている雅孝は、美涼から告げられる屈辱的な言葉もたやすく受け入れる。

「イキたい……イかせて……ください……！」

「ふふっ……たいへん、よくできました！」

雅孝の返事を聞いて、美涼はご機嫌な表情を浮かべて責めを加速させる。雅孝は激しさを増す手と舌に情けなく腰を浮かせながら、ただただ流される。乳首と肉棒の快感神経が繋がって連動しているかのような感覚だった。今までとは違う絶頂の予兆を感じ取り、高揚が膨らんでいく。

「んふっ、じゅるっ、じゅるっ！　ほぉら、いつでもイッていいからねぇ。ちゃんとわらひが、受け入れてあげますからねぇ……」

「くぅっ、イッ、イク……イキますっ……！」

「んちゅるるるっ！　ぢゅるるるるぅっ！」

　思い切り吸い付く美涼の柔らかな唇。根元によどんだ精液を搾り出すかのような手淫の刺激。膨れ上がった射精衝動の爆発は、一度目と比較にならなかった。

「んんんっ、んちゅっ、ちゅちゅぅっ！」

「ああっ、美涼っ！　出てる……のに……！」

　美涼の手の中で肉棒が脈打つ。びゅくびゅく、びゅるびゅると白濁が噴きあがる。射精の最中も美涼は勃起をしごき続ける。乳首から口を離すこともなく、舐め、吸い、愛撫し続ける。腰ごと引き抜かれるかのような強い虚脱感を雅孝が覚えた頃に、やっと美涼が唇を離した。

「たくさん出しましたね……糊みたいにネバネバ。ほら、手袋もこんなにドロドロになっちゃって……病人とは思えない量ね。それに、すっごい臭い……。イカ臭くって、オス臭くって……あなたの匂いを嗅ぐだけで……酔っぱらっちゃいそうだわ……」

　上目遣いで美涼はまき散らされた精液の匂いを堪能していた。その様子はどう見ても痴女そのものであった。

「まだ萎えていませんね。まっ、たった一回じゃ満足できないでしょうし……。ふふ、籠原さん、最後まで付き合ってあげますよ。そのかわり、ちゃんと私も満足させてくれないとダメですからね」

匂いを嗅いだことで、完全にメスのスイッチが入ったのだろう。雅孝の汁を口に含んでにやりと微笑む美涼の姿は……誰がなんと言おうと白衣の痴女だった。

「それじゃあ籠原さんは、じっとしていてくださいねぇ」

美涼は雅孝にまたがると、ナース服のスカートをめくりあげる。下着のないきれいな形の臀部が露出する。ほんのりと上気した桃尻は、美涼自身も興奮していることをアピールしているかのようだった。

「んん……あっ、はぁあああん」

甘ったるい嬌声とともに、さっそく美涼は肉棒を挿入する。愛撫すらいらないほどに蕩けた媚肉が、いともたやすく雅孝を咥えこむ。

「んぁあっ、おっきぃ……。はぁあん、籠原さんの……私の一番奥まではいっちゃってますよぉ……。うふ……おへその内側まで……届いていますね……」

ゆったりと息を吐きながら、雅孝に視線を送る美涼は嬉しそうだった。醸し出す色気はいますぐ腰を振りたくなるほどに魅力的だった。

「んっ、ふぅ……。おちんちんがナカでビクビクして……早く射精したいんですね……」

肉付きのいいムチムチ肉をぎゅうっと密着させて、膣内ではヒダを蠢《うごめ》かせている。艶めかしく微笑んだ美涼は、ずぶっと生々しい音を立てて腰を浮かせると、ぐぶっという膣内から空気が抜ける音を立てながらまた根元まで肉棒を呑みこんでしまう。

「んっ、あっ、はぁ……。挿入《い》れるときより……抜くときのほうがすごいわ……」

　腰を上下に動かるたびに、ぐぢゅぐぢゅと泥を捏ねるような下品な音が響く。雅孝の視線はその音の出どころ、ぱっくりと開いて勃起を咥えこむ美涼の陰部にくぎ付けになっていた。視覚的な興奮と腰が蕩けそうな甘い快感に雅孝はたまらず情けなく鳴く。

「はぁっ、ンッ、私も……もしかして、溜まってたのかしら……んぅっ、ひとりでするより、全然、気持ちいいっ、かも……。はぁっ、はぁっ、硬い亀頭の先が……ちょうどいいところに擦れる……んんぅ……」

　少しずつ美涼の動きが早くなる。汗の浮かんだ臀部は、腰に撃ちつけられるたびに大きく波打っている。文字どおり、尻に敷かれた状態で行われるセックスは、雅孝にいつもと違う新鮮な快感をもたらした。

「んふっ、なんだかさっきから視線を感じるのよねぇ……。ドコ見てるのかしら？」

「み、美涼さんのアナル……です。さっきから小刻みにヒクヒクしててかわいいです」

「か、かわいいですって⁉」

　雅孝の指摘に、美涼が目に見えて赤面させて振り返る。その瞬間、ぐりっと膣内で肉棒が揉まれて、雅孝から「くひっ」と間の抜けた声が飛び出した。

「い、いきなりなにを言ってるのよぉ……！」

「でも、本当のことですし」

「そ、そういうのは思ってても口に出さないの……！」

　先ほどまで余裕のあった美涼の声に、女性らしさが戻る。大人の色気たっぷりの誘惑顔が、初心な少女の戸惑い顔に変わった。振れ幅の大きさに雅孝は振り回される。

「ピストンするたびにパクパク動いてるし……。美涼さんのココ、挿れたらめちゃくちゃ気持ちよさそうですよね」

「い、挿れるって、ナニを!?」

「ナニって、ナニですって。まずは指で慣らしてからですけど……」

そう言って、雅孝は美涼のアナルへ手を伸ばす。

「ちょ、ちょっと待ちなさいって……!」

ヒクつくアナルを触らせまいと、美涼がくねくねと腰を動かす。挿入されている肉棒に不規則な刺激が与えられた。肉襞の蠢きは、先ほどよりも活発になっている。美涼だってアナルでの行為について知識は持っているはずだし、それに対する期待もあるのだろうと雅孝は踏んだ。しかし、

「もうっ！　いい加減にするっ！」

ぐっと体重をかけられる。食いちぎられるかのような強烈な締め付けが肉棒に襲いかかり、雅孝の手が止まる。

「本当、本当っ！　ばかっ！　冗談もほどほどにしないと怒るわよっ！」

「す、すいません」

むすっと頬を膨らませる美涼ナースを前に、雅孝は反射的に謝ってしまった。怒られた以上、雅孝はあきらめることにする。相手はナースだ。雅孝は患者だ。ナースの言うこと

は絶対で、患者は逆らってはいけないのだ。そういう配役で行為をしているのだ。

「まったくもう……すぐ調子に乗るんだから」

ぼやきながらも、美涼は繋がったまま離れることはなかった。雅孝にとっては、このプレイを続けてくれるだけでも十分だった。

「マゾの上にお尻好きの変態とか……そんなんじゃぁ女の子から嫌われちゃっても知りませんよぉ？」

お姉さんぶって諌める美涼の姿は、永遠の愛を誓いあった妻がたまに見せるものだった。だからこそ、

「俺としては、美涼さんひとりから愛されたらそれでいいかな」

と、雅孝からもクサい言葉が出てきてしまう。

「な、なにをバカなことを言ってるんですかっ⁉　ほ、本当にもうっ！　籠原さんは、本当にお調子者なんですから……！」

美涼は不機嫌というよりは羞恥《しゅうち》と同様の混ざった表情を見せる。嫌がっているわけではないらしく、肉襞が雅孝のことをきゅうきゅうと締め付けていた。何度も身体を重ねているからこそわかる、本気で嫌がっているわけではない反応だ。

「はぁあ……。看護婦さんをからかうような悪い子には、キツめのおしおきをしてあげなきゃダメみたいですねっ！」

雅孝がおしおきという言葉の意味を問うより先に、美涼が再び腰を浮かせて抽送を始め

た。濃度の増した愛液がべっとりとまとわりつく肉棒が、膣内を出入りする様子を見せつけられる。美涼のピストン運動は単調な上下運動だけにとどまらず、腰をひねったり、前後にゆすったりしながら不規則な快感を雅孝にもたらす。

「んふっ、んっ、くふ……はぁんっ！　こうやって、奥でっ、ンッ、ぐりぐりって擦りつけられるのっ、たまんないでしょっ？　んんっ、もちろん、簡単にはっ、イかせてあげないんだからっ、ねっ！　んっ、ふぐぅんっ！」

純粋な挿入の快感と絡みつく肉襞の気持ちよさ。加えて美涼が動くたびに角度の変わる締め付けが、雅孝を振り回す。快感の蛇口をコントロールされているような気分だった。大きな快感と小さな快感がランダムにやってきて雅孝の理性を崩していく。

「んっ、おちんちん、ビクビクしてきたっ……！」

そうして残るのは本能的な欲求。快感の果てに射精してしまいたいという思い。しかし、絶妙なタイミングで美涼が腰の動きを止める。

「なっ。なんで、途中で止めて……!?」

「うふ、もっと気持ちよくなりたいのに、って顔をしているわね」

「そ、そりゃあ……」

「でもダメよ……。看護婦さんをからかった罰は、ちゃぁんと身体で覚えてもらうんだから……私が、躾《しつ》けてあげる」

ゾクリとするような笑みを美涼は浮かべて、肉棒を咥えこむ腰をぐりぐりと動かし始めた。

「んぁっ、はぁっ、こうやって……おまんこで……ぐりぐりぃってぇ……」

たっぷりと身のつまった柔らかい尻肉を密着させて、トロけた肉襞で勃起した肉棒をしごいている。熱い膣内に肉棒が溶けてしまいそうな感覚。体重をかけられた状態では雅孝はその快感から逃れることはできない。

「ん、うふふ……。かわいい顔ね、本当にゾクゾクしちゃう。こんなふうに男の人をコントロールしながらスるの……癖になっちゃうかも」

されるがままの快感に、確実に雅孝の男のプライドと理性が蝕まれる。普段は決して見ることができない、催眠で彩られた美涼の誘惑は、雅孝には抗いがたい魔性でもあった。

「私の言うことがちゃぁんと聞けるようになるまで、たぁっぷりかわいがってあげるから。覚悟してくださいねぇ……」

抵抗する気力を失い始めていることは、美涼にも伝わっていた。ピストンの動きが徐々に激しくなり、吐息も熱っぽくなっていく。

雅孝はそんな美涼に完全に掌握されてしまう。射精欲が膨らみ、爆ぜそうになったところを見計らうように、美涼は腰の動きを緩慢にして焦らす。

「んっ、出したくて、たまらなそうな顔……。んっ、ふぅ。とーってもかわいいんだから。ふふっ。ね、出させてほしい？　私のナカでいっぱい射精したい？」

美涼は雅孝を煽るようにささやく。結合部を擦りつけて、射精できないもどかしい快感を送り続ける。

「だ……出させてください」

「んふふっ、なぁんか誠意が感じられないわねぇ。もっと大きな声で言わないと聞こえないじゃない」

「お、お願いしますっ！　射精させてくださいーーっ！」

雅孝は残っていたプライドなど投げ捨てて、美涼に射精を懇願していた。

「うふっ、うふふっ、ほぉんと……籠原さんはかわいいですねぇ」

快楽を前に恥も外聞も捨てた雅孝を見て、美涼は魔性の笑みを浮かべてピストンを再開する。

「出させてあげますけどぉ、私がいいっていうまでは勝手にイかないでくださいね？」

「そ、それは……」

「約束できないならイかせてあげない」

「が、我慢します……」

「よろしい……！　それじゃ……シよっか！」

男にまたがり、尻に敷いたまま肉棒を締めつけ、誘惑と快感をもって支配する姿は……誰がなんと言おうと白衣の淫魔《サキュバス》だった。

雅孝の屈服を確認した美涼は、肉棒を貪るように激しく腰を動かす。

「んはっ、あっ、くぅんっ！　籠原さんのおちんちん、私のイイとこにっ、当たってるっ！　油断したら、本当、私のほうがイかされそうっ！」

杭をうつようなピストンのたびに、どちゅ、どちゅ、と大きな破裂音が響く。かき出される愛液の量も増していき、結合部に粘液が糸を引く。

「はぁっ、んんっ！　私と籠原さんっ、あっ、相性、イイのかも……ンッ、身体が、合っているのかもっ、んふぅうっ！　これっ、たまんないっ！　癖になるっ……！　あぁっ、声……我慢できないっ、腰もっ、勝手に動いちゃうっ……！」

嬌声を響かせて美涼が腰を振る。下半身にかかる重みが、膣肉の蠢きが、雅孝に腰が砕けるほどの快感を与える。

「はぁっ、ンッ、ゾクゾクするっ、ゾワゾワするっ！　私のアソコ、悦んじゃってる。頭の中、蕩けちゃってるっ……！　はぁっ、はぁっ、おちんちん……私の身体に馴染み始めちゃってる……！」

だんだんと美涼は余裕を失い、快感の海へと溺れていく。肉欲にまみれた下品な水音と、甘ったるい声が場を支配する。

「美涼さん……もうっ……！」

「もうちょっと……！　もうちょっとだけ、頑張ってて……！」

美涼ももう絶頂寸前まで高まっていた。当然だ。催眠にかかって別人と思っているとはいえ、挿入しているのは最愛の夫の肉棒なのだから。相性がいいのは当然だし、ハイペースに腰を振ればあっという間にオーガズムに到達してしまう。そして美涼は、雅孝との行為で達する絶頂の満足感を知っている。身体が覚えている。だから、美涼は絶頂に向けて本能のままに腰を振っていた。その様子を雅孝はずっと見ていたかったが、強烈な刺激と

興奮を前に限界がやってきていた。

「む、無理っ、美涼さん……もう無理です……！」

「んっ、んっ、いいわよっ！　イッていいからっ！　ああっ、一緒にイきましょっ！」

膣内の激しい収縮が雅孝の射精を促す。

「はぁっ、はぁっ！　イこっ、イこぉっ！　一緒に……いっ……！　んぁあっ！　一緒にイクッ、イクっ……！」

「うくぅっ……！　で、出ますっ……！」

「んんっ、キ、キてっ……！　はぁあっ、ああっ、キてぇええぇっ！」

どぶどぶどぶっと勢いよく美涼の膣内へ雅孝の精液が注ぎこまれた。熱い白濁を浴びて美涼の身体が大きくしなる。

「ひゃっ、ふぁあっ、イクッ、イクッ、イッちゃう……イッちゃってるっ……！　ああっ、あはぁあああぁぁぁああぁぁっ！」

狭い膣内が収縮をくりかえし、雅孝からさらなる精液を搾りとろうと食らいつく。それに応じるかのように雅孝は美涼の中で何度も肉棒を脈打たせて白濁の塊を放った。

「かはぁっ、射精ぇっ、すごっ、あっついっ……！　だ、ダメぇえ、これ、ダメ……溶けちゃう……ダメになっちゃうぅぅ……！」

ぶるぶると全身を震わせながら、美涼は連続で訪れる絶頂の波に揉まれる。その様子を雅孝は瞬きすることも忘れて見入っていた。うっとりとした表情でオーガズムに浸る美涼はとても美しく官能的だった。

「はぁああ……はぁあああ……。んふぅううう。はぁああああ……」

永遠にも思える長い射精を終えて、雅孝に虚脱感と満足感が訪れた。大きく深呼吸をしている美涼の下で、雅孝も胸板を激しく上下させる。

「いっぱい出したわねぇ……そんなに気持ちよかった？」

繋がったまま、雅孝のことを見下ろす美涼の表情はとても穏やかだった。その姿は、誰がなんと言おうと白衣の天使だった。

「あ、ああ……気持ちよかった」

「ふふっ。ならよかったわ。ちょっとやりすぎたかなって思ったけど、籠原さんが悦んでくれたなら私も嬉しいです」

射精後の、より頭がスッキリとした状態だからこそ、美涼がむける慈愛は、いつもより鮮明に伝わる。

「……あ」

あれだけ射精したのに、雅孝の肉棒はまた勢いを取り戻す。

「本当……元気ですね。特別に……もう一回だけ、ですからね？」

「よろしくおねがいします、美涼さん」

美涼から向けられる無償の愛情に甘えて、雅孝は連戦を要求した。

「はぁ……はぁ……」

セックスを終えて雅孝は全身を布団に投げだした。あのあとも美涼のペースでじっくりと精を搾られ続けた。

「ふふふ、満足できた？」

「ああ……完全に、搾り取られた感じだよ」

満身創痍の雅孝に対して、美涼はまだまだ余裕がありそうだった。

「まったくもう、だらしないわねぇ」

美涼がセックスのあとに悪戯っぽい笑みを見せるのは、雅孝が記憶する限りこれが初めてだった。疲労していたことすら忘れてしまいそうなほどに魅力的だった。

「つ、次は美涼を満足させられるように頑張るよ」

「んふっ、期待せずに待ってるわ」

「……えっ？」

催眠装置の効果は切れているはず。なのに、美涼の顔はあまりにも妖艶で、つぅーっと、背筋を冷たいものが伝っていくのを雅孝は感じる。

「冗談よ。どうしちゃったの？　顔が青ざめちゃってるわ」

「そ、そうかな⁉」

「なにを考えたのかは知らないけど、私は今でも十分に満足できているわよ。だって、あなたが私のために頑張ってくれてるんだもの。……これだけで、私は幸せよ」

美涼はいつもと変わらない優しい笑みを雅孝に向けた。

「あなたはあなたのままでいいの。だから、無理しちゃダメ」

「それはそれとして、もっと美涼を悦ばせたいって男心は絶対あるわけで」

「……ばかねぇ」

譲れないものは絶対にあると、雅孝は言葉を返す。それに対して返ってきたのは、美涼の困ったような微笑みだった。その表情は雅孝がずっと見惚れ続けてきた妻のものだ。

「あ……ン……」

雅孝はそっと唇を重ねる。深い愛情の詰まったキスを返す。

「んちゅ……んむ……ふ……ぁ……」

そうして、美涼の甘い匂いと感触を、一日の終わりの記憶の最も深いところへと残す。

「おやすみ、美涼」

「おやすみなさい、あなた」

そのまま、ゆるりと眠りについた。

4章　チアコス妻で優勝してイクッ！

休日。

雅孝は美涼を連れて買い物と称したデートにやってきた。

ショッピングモールは大きなイベントと重なったのかいつもよりも人が多いようだった。

自然とふたりは手をつないで店内を歩く。離れないようにと強く握っていると、付き合いたての頃を思い出すようだった。

「最近、ちょっと筋肉ついたみたいだし、あなたのジーンズなんかもこの際、買っちゃいましょうか」

いろんな店をはしごしてウィンドウショッピングを楽しむ。美涼のセンスで雅孝の服を揃えてみるなど、ふたりで楽しいことを探す。

「そういえば、そろそろ……」

「そろそろ？」

「水着の季節になるわね」

「……あー、そういえば夏だなぁ」

どこか神妙な口ぶりから紡ぎだされた美涼の言葉に、雅孝の視線は彼女の最も目立つ場所へと向かってしまう。メーター超えのバスト、下にスライドすればキュッとした腰に、安産型でとても形のよい臀部……。

「な、なに見てるのよ！」

雅孝の視線から隠すように、美涼は頬を赤らめて胸元を隠す。その頃には、雅孝の視線は下半身へと向かっていたのだが。

「いや……去年の水着、大丈夫なのかなって？」

「だ、大丈夫なのかって、どういうことよ⁉」

「へぇ……口に出して指摘したほうがいいか？」

「べ、べつに言わなくてもいいわよっ！　……多分、大丈夫……な、筈だし」

否定した語気は弱かった。美涼も自覚はあるのだ。ただ、認めたくないだけだ。

「でも実際……なんか前より大きくなってる気がするんだよね……」

「そ、それは、そのっ！」

「……おっぱい」

「口に出すの禁止ぃっ！」

美涼の顔が真っ赤になった。

「身体に合わない下着をつけているのはよくないって聞くぞ。どうせなら、今日あたり新しいブラとか買っておこうか？」

「ば、ばかねっ！　ほんと、ばかぁっ！」

こつんと小さなげんこつが雅孝の肩を叩く。痛くはないのだが、そんなかわいらしい妻の仕草に雅孝は倒されそうになっていた。

それから、店内のファミリーレストランへと入った。

「わぁぁぁっ……！」

美涼の機嫌はずいぶんと高揚している。

「なんだか、テンション高くない？」

「だって、いつ見ても凄くかわいいんだよ、ココの制服〜」

美涼の楽しそうな言葉に乗って雅孝は視線を周囲に傾けた。たしかに、かわいらしい制服を見事に着こなした店員が愛想を振りまいている。

ここのファミリーレストランの制服は、メイドのようなエプロンドレスになっているのが特徴だった。いわゆるメイド喫茶のような接客はないが、メイドさんに給仕をしてもらえるということでクラシックなメイド好きにはたまらない店である。

「私が学生時代にアルバイトしていたお店は、こんなかわいい制服じゃなかったなー」

頬杖をつきながら、美涼は店員の服を眺めて愚痴をこぼす。そのまなざしには、若干ながらあこがれのような色が混じっていた。

「……もしかして、美涼も着てみたかったりする？」

「な、なに言ってるかなっ！　流石にないわよ、うん、ないないないない」

美涼はがばっと跳ね起きて、顔の前で手を振っている。

「この歳でアレは流石にムリよ。ムリのムリムリ」

「そうか？　普通に似合うと思うけど」

「ああいうのが許されるのは若い子だけよ」

「そんなもんかね」

「そうそう……」

諦めた言葉を吐く美涼。

会話が途切れたところで、軽快な音楽がふたりの耳に届く。店の外を見ると、近くのイベントスペースでチアダンスが行われていた。

「わぁぁぁっ……！」

また、ぱぁっと顔を明るくしてチアダンスを見る美涼。

「美涼、ああいうのも好み？」

「こ、好みって⁉」

「いや、着てみたいのかなって」

「そ、そんなことないわ。ああいう衣装も、似合うのは若い子だけなんだから」

ぶんぶんと手を振って美涼は否定する。

「あんなふうにお腹丸出しで……スカートも短くて、飛んだり跳ねたりしたら、その……パンツ、見えちゃうじゃない」

「いや、普通は下着を見えないようにするか、見えてもいい下着をつけるんだぞ」

「そうなの⁉」

「普通じゃないときは、当然普通のパンツだけどな。あるいはノーパン？」

「ふ、普通じゃないときっていうのは⁉」

美涼が目を見開いて尋ねる。

「……それ、言ったほうがいい？」

「いや、いい。大体想像がつくわよ、あなたのことなんだもの。それよりも、やけに詳しいのね」

「まあな」

「それ、胸を張れることなの……？」

自慢のコスプレ知識を披露する雅孝を見て、美涼は大きくため息を吐いた。

「というか、なんであなたは私に着せる前提で話をするのよ」

「だって、どうせ着てもらうなら、美涼が着たい衣装のほうがいいかなって思って。そのほうが、美涼だって楽しめるだろ？」

「そ、そういうものなの……？」

いぶかしむような表情をしながら、美涼はくいっとお冷を飲んで喉を潤していた。

それからも美涼はちらちらと外で行われるチアリーディングの様子をうかがっている。雅孝は美涼が憧れている衣装をしっかりと記憶した。

数日後。

「………おかえりなさい」

「た、ただいま」

仕事を終えて帰ってきた雅孝を、若干トゲのある語気で美涼が雅孝のことを出迎えた。間違いなく不機嫌だということは、誰が見ても明らかだった。

「なにか、あったのか？」

「そうね。あったと言えば、あったわ。とにかくリビングへどうぞ」

鋭く細く絞られた眼と、有無を言わさぬ言葉には、余計な茶々を挟ませない本物のすごみがあった。雅孝は覚悟を決めて美涼のあとについていく。

「これはなに？」

美涼がテーブルの上に置かれた衣装を指さす。

「ええっと……通販で買った服、です。はい」

雅孝はそう答えるしかない。それ以外の答えが存在しないのだから。

「家計はあなたが頑張ってくれているから、そこまで切羽詰まっているわけじゃないけど、それでもこんなふうに無駄遣いしたらすぐになくなっちゃうの。わかってる？」

「は、はい……すいません」

美涼の声が震えている。間違いなく本気で怒っていると雅孝は本能で理解する。

「贅沢するなってわけじゃないけど、普段からきちんと貯金とかしておかないと、急な出費があったときに大変なことになるでしょ」

「はい、すいません」

あまりの迫力に雅孝は背筋を正していた。謹慎の報告を受ける生徒の気分とは、きっとこんな感じなのだろう。正論でぶん殴られると雅孝も返す言葉がない。

「そ、それこそ……子供ができたときとか？　お金もいっぱいかかるし……」

ただ、そのあとに続いた美涼の言葉は、完全に雅孝の予想していない方向だった。よくよく美涼の顔をみれば、耳を真っ赤にしながら雅孝との幸せな未来を本気で考えている様子だ。それこそ、雅孝が人生を尽くすと心に決めた伴侶の愛おしい姿だった。

「美涼」

「な、なにっ……⁉」

「愛してる」

愛おしくてたまらなくなり、雅孝は完全に理性が振り切れてしまった。呆気にとられた美涼の唇を奪う。

「ちょっ、んっ、んむっ、ちゅ……んん……んぁっ、ちゅぶ……」

ひと呼吸挟んでから、雅孝は再びキスをする。頭の中が真っ白になるくらいに情熱的な口づけを交わす。

「い、いきなりなにするの！　ごまかすつもりね！　そ、そうはいかないんだからねっ！」

「なんか、いろいろもう感極まっちゃってさ。俺の奥さんってかわいいなって」

「ば、ばかっ！　いきなりなに言ってるのよ⁉」

照れて顔が真っ赤になっている美涼を、雅孝はぎゅっと抱きしめる。

「……な、なんか硬いの当たってるんだけど」

「美涼……」

「……あっ、うぅ……」

「……いいよな？」

「………ん」

声を震わせながらも、美涼は雅孝を抱きしめ返す。雅孝はこの世の誰よりも温かく、柔らかく、心地よい感覚を味わう。

「結局、あなたにはぐらかされちゃうのね」

ちょっとだけ拗ねたような言葉を吐く美涼がかわいくて、雅孝は準備する暇すら与えずにまた唇をふさぐ。

「ん……んむぅ……もぅ……」

「ごめん、我慢がもう無理」

「本当、元気なんだから……」

衣装を持って、美涼を連れて、雅孝は寝室へと向かう。

あらためて寝室で美涼と向かいあう。

「本当、元気よねぇ、あなたのソレ」

美涼の視線は雅孝の下半身へと向けられていた。

「そりゃ、今から美涼みたいな美人を抱けるんだから、当たり前だろ」

「もう……ばかね」

美涼は呆れた表情を見せる。

「でも、美涼もちょっとは慣れてきたんじゃないか？」

「慣れたというか……麻痺したというか？」

「前より楽しんでくれてはいるよね」

「わ、私はあなたに付き合ってるだけであって、べつに自分から進んで愉しんでるわけじゃないし」

美涼は相変わらずそっぽを向いて恥じらう。

「だいたい、その服ってあれでしょ？　この間見たチアの服でしょ？　こんなの恥ずかしくて、絶対に着れないんだから！」

「だから、催眠装置の力を借りると」

「そうでしょ？」

「本当は着たいんだよね？」

「ちーがーうーのーっ！」

口では嫌がっている美涼だが、雅孝にはそれも誘い受けのうちだとわかっている。本気で嫌がっているのなら、催眠装置で行為がうまくいくこともないのだから。

「大丈夫、わかってるから」

微笑ましい妻の反応をみながら、雅孝はそっと声をかける。

「な、なにがわかってるのよ⁉」

「美涼」

「……なによ」

「好きだぞ」

「〜〜〜〜〜〜〜っ！」

言葉だけで美涼がビクンと反応する。

「なによ……ばか」

そして返ってきたのは相変わらずボキャブラリーの乏しい罵倒だった。美涼の眼差しは期待と興奮で濡れている。

「本当に……ばかなんだから」

合図もなく本気のキスを交わし、催眠装置の電源を入れる。

すんなりと催眠状態となった美涼に、チアリーダーの衣装を着てもらう。

当然、「普通じゃないとき」のチアリーディングのコスチュームだ。下着はつけず、トップスには美涼の乳首が浮かび上がる。

「えっと……そうだな。じゃあ、俺は運動部のエースで、美涼は幼馴染のマネージャーって設定で。試合前の緊張をほぐしてくれるようなシチュエーションでお願いします」

催眠状態の美涼に雅孝は今回の設定を伝える。美涼はこくんとうなずく。

「じゃあ、さっそく……」

行為を始めようとする雅孝の視線に飛びこむのは、衣装のトップスに開けられている穴だった。バストを寄せるような意匠のせいもあって、美涼の谷間が強調されている。

「雅孝、どこを見ているの？」

いつもよりも軽い口調で美涼が話しかける。幼馴染という設定のせいか、距離感も近い。

「本当、雅孝はおっぱいが好きよね。またここで抜いて欲しいんでしょ？」

「えっ、ああ……うん……」

雅孝の視線から行為を察したのか、美涼がグイっと乳房を寄せて、ただでさえ深い谷間をよりアピールする。

「試合前はいっつもこうなんだから。エッチな幼馴染で困っちゃうわ」

言葉とは裏腹に、美涼の口元はどこか嬉しそうだった。雅孝はすっかり役に入っている美涼の谷間へ勃起を向かわせる。片手で収まらないほどの爆乳の谷に、容易く肉棒が呑みこまれていく。柔らかい感触は極楽以外の言葉が浮かばない。

「いくら緊張しているからって、こっちのほうまで硬くなるなんて、聞いたことないわ。まあ、これで雅孝が、試合で全力を出せるっていうなら、いくらでも協力するけどさ」

肉棒を挟んだまま、美涼が上目づかいで雅孝の様子をうかがう。

「カチカチね……骨でも入っているみたい。ほかのところと比べても妙に熱いし。本当、へンなの……」

乳肉で亀頭部分がすっかり埋まっている。その光景は、その辺のＡＶと比べても圧倒的なエロスに満ちていた。

「挟んで……動かせばいいのよね？」

美涼が両脇からバストをぎゅっと抑えこみ、乳房ごと肉棒に圧をかける。チア衣装で逃げ場を失った乳肉による圧力が、ダイレクトに肉棒へ伝わり締め付けてくる。

「すっごい乳圧……」

「なにそれ、褒めてるの？」

「褒めてる。……いや、ほんと凄い」

「ボキャブラリー貧弱すぎ。……というか、おちんちんってこんなに硬くて、大きくなるのね。ンッ、胸の中でまだまだ硬くなるみたい……本当、興奮してるんだ」

柔らかく、ハリのある乳房を抑える美涼の意識は、ほとんど肉棒に向いている。

「男の人って、おっきいおっぱいが好きって聞いてたけど……雅孝の場合はあっているみたいね」

「まあ……それは……」

美涼のバストだからこそ感じる、なんてクサい台詞を言う前に、美涼が乳房を動かして谷間に埋まった肉棒を擦る。

「んっ、んふぅっ、おちんちんが暴れて……。んもう、逃げちゃダメだって……」

むにゅっと深い谷間に肉棒を呑みこまれる感覚がやってくる。雅孝は思わず腰を引いてしまうが、すぐに捕まってしまう。

「ほぉら、んっ、さっさと出して、スッキリしちゃいなさいっ」

容易く指が沈みこむほど柔らかい乳房を圧迫して行われる極上の締め付け。みっちりと詰まった感触は膣とそう変わらないように感じた。

「んっ、んふぅっ、あらら？　汗で滑って……ンッ、なんか、うまくいかないかも？」

だが、なにもつけない生肌での行為のせいで、うまく肉棒に刺激を与えられていない様子だった。美涼は肌に浮いた汗をローション代わりに、四苦八苦しつつもパイズリを続けている。的確に性感帯を刺激してくるわけではないが、オスの本能に訴えかける魔性の乳による刺激と興奮だけで雅孝は十分だった。

「……やり方自体は、間違ってないみたいね」

刺激によって雅孝の肉棒からじわりと先走り汁が溢れる。その反応と雅孝の表情を確認した美涼は、嬉しそうな顔を見せた。

「んふふ。ねえねえ、そんなにおっぱいでサれるの気持ちいい？」

「き、気持ちいいです……」

「んふふ、そーかそーかー」

勃起を抑えこむ美涼は、まるで玩具を弄《もてあそ》ぶような表情で責めたてる。雅孝は幼馴染という設定ならではの軽いやりとりで、オスの弱点を弄ばれてしまっていた。

「情けない顔しちゃって……カワイイやつめー。ほーら、どーだどーだ、おっぱい気持ちいいかー？」

トコロテンのように柔らかい肉でしごかれる快感。否応なしに射精欲求が高められる。

「んっ、おちんちんビクビクして……ドロドロした汁も……。もしかして……そろそろイキそうな感じ……？」

雅孝の射精の前兆を美涼は感じ、パイズリの動きが激しくなった。このままではすぐに射精してしまいそうで、雅孝は下半身にぐっと力をこめる。

「んふふっ、そんなにきばっちゃって。余裕ない感じ？　でもいいわよ……そのまま私に身を任せなさい。ぜぇんぶ搾り取って、スッキリさせたげるから。あ、でも出すときは、ちゃんと言いなさいよ？　おっぱいでぜぇんぶ受け止めるんだから」

この短時間で美涼はコツをつかんだようだった。重量感のある乳房を支えてパイズリに励む表情はどこか誇らしげだ。

「ほらほらっ、んっ、んふふっ。こうやって、抑えこんで、おちんちんをしごいて……。あはっ、どんどんおちんちんが膨らんでっ、んんっ、おっぱいの中でっ、あんっ、熱いのが暴れまわってるわよぉ？」

激しさを増していく美涼のパイズリに耐えきれず、雅孝は待ったの声をあげる。

「ん、どしたの？　もしかして痛かった？」

「いや、そうじゃなくて。そんなにされたらすぐ出ちゃうから……」

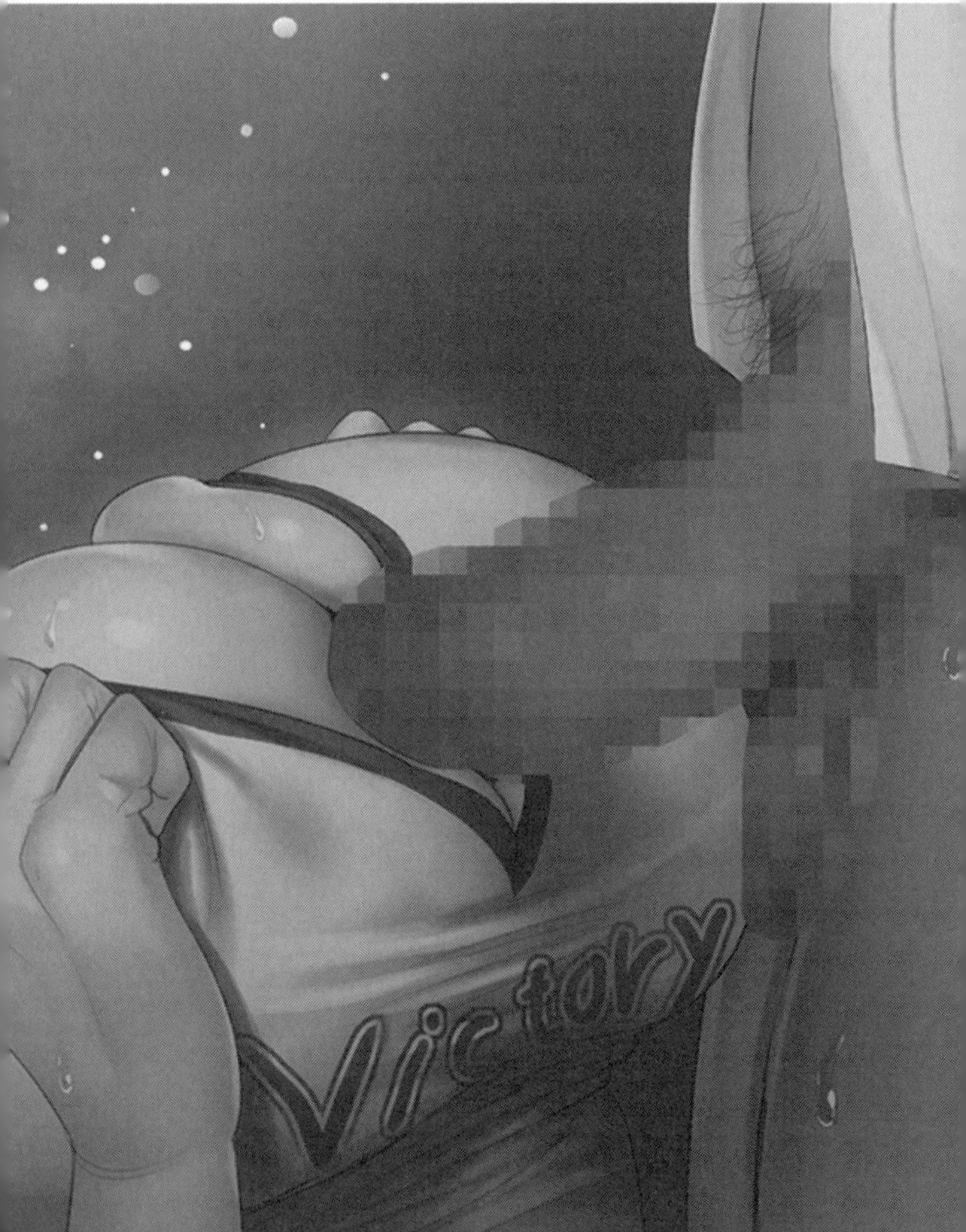
Victory

「あのねぇ、出すためにシてるんでしょ？　なに変なこと言ってるのよ」
「そうだけど、なんか、もったいないっていうか。どうせなら、じぃっくり美涼のパイズリを味わいたいなぁって」

「……もう、本当バカなんだから」

ツンとした言い方だが、美涼は嬉しそうだった。

「そんなに私のおっぱいがよかったの？」

美涼は先ほどよりもゆったりめのペースで肉棒をしごく。柔肉に根元から包まれる感覚に、雅孝は腰が抜けそうになる。

「も、もしも美涼のおっぱいを好きにしていいなら……俺は美涼に、人生の半分を捧げていいと思ってたからな」

「わーお……思いっきり最低発言だねぇ、ソレは」

「美涼と結婚するためなら、人生のすべてを尽くすけどな」

「……雅孝って、たまに信じられないくらいバカになるよね。IQががっつり低下するっていうかさ……。でも、そこまでハッキリ言える雅孝だから、私は惹かれちゃったのかもしれないなぁ……」

美涼がぎゅううっと柔肉を両手で抑えこむ。すっかりひしゃげてしまった乳房によって肉棒が搾られる。

「思えば、雅孝って練習中も暇さえあれば私の胸を見てたよね？」

「あっ、それは……」

みっちり詰めこまれた乳房が全方位から肉棒を覆う。会話をする余裕すらなくなるほどの快感が雅孝に襲いかかった。

「ほぉらー、大好きなおっぱいですよー。気持ちいいー？」

「気持ちいい……です……」

満面の笑みで自慢の乳房を操り、肉棒をしごく美涼は、まるでスポーツを愉しんでいるかのような爽やかさだった。

「情けない声出さないのー。エースなんだから、もっとしっかり。男らしいトコ見せてくれなきゃダメだぞー？」

玩具で遊ぶような気軽さで、美涼は母性の象徴を歪にひしゃげさせる。

「ほぉんと、鼻の下伸びすぎ。情けない顔しちゃってさぁ。チームを背負うエースの自覚が足りてないんじゃなーい？」

「エースの自覚って……」

「私のおっぱいでちょっと挟まれたくらいで情けない声をあげてるようじゃ、勝てる試合も勝てないわよー？」

「そ、それ試合と関係な……うおぉっ⁉」

雅孝は反論しようとしたが、急に美涼の乳圧が高められて頓狂な声を出してしまう。

「関係ありまーす」

雅孝の言葉をパイズリの刺激でかき消しながら、美涼は上機嫌で肉棒を責めたてる。たわわな両乳房の深い谷間で、肉棒が捏ねられ、擦られる。いつの間にか雅孝はへっぴり腰になって美涼の乳遣いに翻弄されていた。

「んんっ、汗とカウパーで、ドロドロで……ネバネバしてきた……ンッ、滑りがよくなってきてやりやすくはなってきてるけど……んふぅ、胸とか……乳首が擦れて……んぁっ、ほんのちょっとだけ……くすぐったい感じ……」

尿道からは精液と見間違えるほどの先走り汁が溢れて、密着している美涼の乳房にオスの匂いを染みこませる。谷間から出入りする肉棒が、ぬちぬちと粘着音を立てている。それと合わせてくぐもった美涼の吐息が漏れて、雅孝の視線は胸元へと誘導される。

「な、なに見てるのよ？」

「いや、美涼の息が荒くなってきたから、パイズリしながら興奮してるのかなぁって」

「……ば、ばかね。ただの生理現象に決まってるじゃない」

頬を赤らめて否定する様子から、雅孝は図星なのだと察した。やはり、自分の妻は最高にかわいいと思う。微笑ましい仕草に肉棒もヒクつく。

「も、もう十分に堪能したわよね？　ぱぱっと射精しちゃいなさいっ」

左右から抑えこむ力を強められて、腰が抜けそうなほどの快感が雅孝の下半身から全身へと広がる。押し出されるような乳圧に肉棒が抜けてしまいそうになるが、美涼は雅孝の腰を追いかけて、さらにむぎゅっと圧力をかける。

「んふ、逃がさないんだから」

乳房でホールドしたまま肉棒がしごかれる。まるでキツめのオナホールのような乳内の感触に雅孝の口からくぐもった声が漏れる。

「んくっ、んふぅっ、はぁんっ。おっぱいが擦れて……ンッ、ふぅん。カウパーすっご。ンッ、ザーメンみたいにぐちょぐちょで……んぁっ、臭いも濃ぉい……」

おびただしい我慢汁が柔肌を擦るたびにずちゅずちゅという下品な音がする。体温で揮発したオスの匂いが美涼の鼻腔をくすぐっている。

「まったく、ンッ、どこまで硬くなるのかしら、雅孝のおちんちん。んふっ、汗と我慢汁の臭いで……クラクラしてきた……」

次第に美涼は頬を上気させて、乱れた吐息を肉棒の根元に吐きかけるようになった。パイズリの動きは徐々に激しさを増していく。溢れる先走りが潤滑油となって、彼女の動きを滑らかにする。

「はぁっ、はぁっ、いつまでもっ、意地張ってないでっ、ンッ、さっさと……イッちゃいなさいよねっ、ンッ、んんっ！　じゃないとっ、んっ、はぁっ、あんっ。私のほうが……」

強気だった美涼の声に艶めかしい熱が籠りだす。火照った乳房の刺激が美涼の理性を溶かしていく。コスチュームのトップスに浮かび上がる乳首の形は、痛いくらいに勃起しているようだった。ツンと布地を持ち上げている。

「んぁっ、おちんちん……ガチガチ……はぁ、はぁ……んぅ……。おっぱいで、挟んでるだけなのに……んんっ。なんでこんな……はぁ、はぁ……んふぅ、ドキドキして……くらくらしてるのよぉ……」

爆乳を使って、夢中で肉棒をしごいている美涼は、すっかり胸が性感帯であることを忘れているようだった。そんな乱れた美涼を見ながら、雅孝は一緒に絶頂を迎えることができないかと考える。

「んっ、もぉ、いいでしょ……存分に、んっ、私のおっぱい、味わったでしょっ？」

「ん、もう……少し……」

「んぁっ、はぁっ、もぉっ……！　そんな切なそうな顔、されたらぁ……ン……。こっちだって止まれなくなっちゃう……スイッチ……入っちゃうってばぁ……」

「止まらなくってもいいぞ、美涼」

美涼の言葉に対して、雅孝は全力で応える。

「わ、わかったわよ。そっちがその気なら、こっちだって止まんないんだからっ」

面倒見のいい姉を彷彿とさせる笑みを浮かべて、美涼はゆっくりと息を吐いた。

「……私を煽ったこと、後悔しないでよね？」

乳圧を高めて、一気にスパートをかける美涼。肉棒が引っこ抜かれるかのような感覚を味わいながら、雅孝は倒れそうになるのをこらえる。

「んっ、ふっ、はぁっ、ああっ！　んもっ、かったいっ、おちんちんっ！　ああっ、こんなに硬く……んはぁんっ！」

息が止まりそうなほどの猛烈な圧迫と愛撫が、雅孝が必死に抑えこんでいた射精の予兆を無理やりに引き出す。

「んふっ、ああっ、はぁっ！　おちんちん、おっぱいの中でっ、ンッ、膨らんでっ……！

射精しそうになってて っ、ンッ、いいわっ、ああっ、このまま精液、ナカに出して……！」

「ああっ、美涼っ！　出す……で、出るっ……！」

まさしく乳マンコと呼ぶにふさわしい美涼の乳房に、雅孝はあっという間に射精まで導かれてしまった。

「んふぅっ！　はぁっ！　あぁぁぁっ！　おちんちんビクビクしてて っ、んっ、出てっ、精液っ、出てる……びゅるっ、びゅるって……ンッ、んくぅううっ！」

ぎゅっと圧が高められた胸の中へ、雅孝は腰を震わせながら白濁を放っていた。精巣の中身を吸い出されるような錯覚に陥りながら、乳肉の孔へと精液を注ぐ。

「んっ、んぅっ……！　おっぱいの中……熱っ……！　はぁ……はぁ……。まったく……どんだけ……出してるのよ……もぉ……！」

美涼は無意識のうちに射精中の肉棒を搾り、精液がこぼれないようにしていた。追加される快感に雅孝の射精はさらに続く。たっぷりと時間をかけた射精で、美涼の乳内をべっとりとした精液で満たした。

「ん……はぁ……うわぁ……」

大量の精液を見ながら、美涼は感嘆の声を漏らす。

「信じられない……ネバッネバのザーメンが谷間にこびりついてる……。もしかして、私のおっぱいを孕ませるつもりだった？」

ゆっくりと息をしながら冗談を吐く美涼の顔は、興奮が抜けきらず上気したままだった。

「こんなに射精したのに、まだまだおちんちんは硬いまんまで……もっかい、おっぱいでシて欲しかったりする？」

射精後でなおも硬い雅孝の肉棒を、美涼は乳房をぎゅっぎゅ、たぷたぷと揺らして弄ぶ。

「してくれるならっ……！」

「ダメだけどね～♪」

「ええ～、そんなぁ～……！」

「おっぱいはこれでおしまい。だって、雅孝だけが満足してるなんて不公平だもん」

落胆している雅孝に向かって、美涼が色気と余裕と興奮に満ちた眼差しを向ける。

「……ちゃぁんと、私も気持ちよくしてもらうんだから。ね？」

完全に発情しきったメスの声で、美涼が立ち上がる。

衣装の胸元から精液まみれの肉棒が引き抜かれ、ぶるんと天井を向いてそそり立つ。

「美涼……」

「んふっ、ガッチガチのおちんちん、ザーメンでヌルヌルね～」

身体を密着させた美涼が、粘液を纏《まと》った肉棒を撫でる。射精後で敏感な男性器をソフトタッチで責められて、雅孝の腰は引いてしまう。

「こら、逃げないの」

「すみません」

すっかり美涼のペースになっていた。

「雅孝にパイズリして、もう、私のおまんこも濡れちゃってるんだよ？　だから、このましちゃうの……」

美涼はスカートをめくりあげて、勃起に女陰を擦りつける。雅孝は潤った粘膜の熱を感じる。美涼の申告どおり、先ほどまでの行為で美涼も身体を昂らせていた。

「入れちゃうねー……」

足を地面につけたまま繋がる。蜜壺はすんなりと雅孝の勃起を受け入れた。

「はぁ……はぁ……。ンッ、まだちょっとしか入ってないのに……。この体勢だと、もうちょっと……んんっ、身体の奥まで、入っちゃいそう……やばい、かも」

雅孝の耳元で、美涼の余裕のなさそうな独り言が紡がれる。彼女の興奮を共有しているようで、収まりのつかない興奮が加速度的に膨らむ。

「ん……ふぅ……。お腹を内側から押されてる感じ……。圧迫感、すっご……」

「苦しい？」

「や、苦しいんじゃなくて、気持ちいいんだと思う。けど……やっぱり、不安定だと倒れちゃいそうで……ンッ」

それならばと雅孝は美涼の足を持ち上げて、その身体を抱き寄せる。腰は膣のより奥へと押しこまれた。

「やっ、んくぅっ。これじゃ逆に奥まで刺さるぅっ。力抜けて、じ、自分で立っていられなく……んっ、くぅうっ……」

「俺が支えればいいな」

「支えればって、んんっ！」

普段のセックス以上に雅孝は身体を密着させて、濡れた膣内のより奥目指して肉棒をねじこんだ。発情しきった妻……いや、幼馴染の肉壺は、崩れた豆腐のようにトロトロに解れきっていた。

「ちょっと、んぁっ、動くのっ⁉　ひゃはっ！　熱いトコっ、んんっ！　気持ちいいトコ突いて……あっ、はぁっ、んぅうんっ！」

不安定な体勢だからこそ、雅孝はしっかりと美涼のことを支えて、一回一回のピストンを子宮奥まで届くようにする。いつも以上に体力を消費はするが、自重を利用した挿入はいつも以上の興奮と快感をもたらした。

「これっ、んっ、立てなくなるっ！　んくっ、ああっ、声もっ、出ちゃうっ、あはぁっ！」

美涼は雅孝にしがみつく。甘く崩れた息遣いが、雅孝の肉欲と興奮を強く煽った。余裕のない声をあげる美涼の膝がガクガクと震えだす。

「んぁっ、待って、待ってってばっ！　ちょっと、んくっ、焦りすぎっ！　ひゃっ、もっと優しく……ンッ、んんぅうっ！」

「キツい？」

「か、片足だから、うまく力が入らないんだってばぁ」

「……なるほどね」

そう言って、雅孝はますます深く肉棒を挿入する。美涼の反応が嫌悪からきているものではないとわかっているからこそ、さらに身体を抱き寄せて腰を打ちつける。

「ひっ、はっ、深いっ！　ああっ、おちんちんがっ、ンンッ、ごりごりってぇっ！」

「めちゃくちゃ締め付けてくる。チンコ挿れられるの気持ちいい？」

「……っさいっ！　ンッ、こんなの……ただの生理現象、よ……んぅっ！」

意地を張って否定する美涼の声は、言い訳ができないくらいに蕩け始めていた。喘ぎ声が漏れるのを耐えている美涼の顔は真っ赤になって、額にはびっしりと汗が浮かんでいる。その顔も見られたくないのか、美涼はすっと雅孝から顔を背ける。美涼の恥じらい姿がますます雅孝を昂らせて、ピストンの動きに力がこもる。

「んくっ、んふぅっ！　ま、待って……ンッ、ああっ、あはぁんっ！　今は待ってって、んふっ、言ってるのにっ！　ふぁっ、もぉおっ！」

「そんな甘い声で言われても逆効果だって」

「んなっ、ンッ、もぉっ！　いっ、いじわるっ！　んぁっ！　突くのなしっ、奥はっ、ダメだって……んっ、んふぅっ！　ふぐぅうんっ！」

「だったら、どこならいいのさ」

「どこもダメ！　全部ダメ！」

「……つまり、全部オッケーってことで」

「なんでそうなるのっ、バカぁっ！　あぁあんっ！」

膣奥ごとすりつぶすようなピストンを美涼に浴びせる。今度は美涼の反論が甘い嬌声で塗りつぶされる。肌に浮いた珠の汗が、激しくなるピストンによって揮発する。濃厚なメスの匂いと混ざりあって、強烈にオスの本能を刺激する。

「んくっ、あっ、ああっ、待っててっ……！　ダメっ、おっ、奥……本当にっ……！　ぐりぐりってするのっ、ンッ、ああっ、ダメ……ぇっ……！」

美涼の声は誘ってるとしか思えず、雅孝は愛液で潤った膣内を熱心にかきまわす。

「待って、ほんとっ、そんなにされたらキちゃう……キちゃうから……ぁっ……！」

ぎゅっと雅孝の腕をつかみながら、美涼は全身を軽く痙攣《けいれん》させる。膣内はこれまで以上の収縮で肉棒を締めつける。

「くひぃいっ……、ひっ、ああっ、はぁあああ……」

浅い呼吸とともに、股座から大量の愛液がこぼれ落ちる。思わず雅孝も腰の動きを止めて、膣内の強烈な蠢《うごめ》きを堪能した。

「……イッた？」

雅孝はぼんやりと蕩けた顔を見せる美涼に尋ねた。

「仕方ないでしょ。だから、待ってってって言ったのに……」

拗ねた口調で頬を膨らませる美涼。

「気持ちよかった？」

「……うっさい、ばかぁ」

デリカシーのない雅孝からの質問に、美涼は上気した顔をぷいっと逸らして答えた。そんな恥じらう姿が雅孝の劣情をますます刺激する。

「……じゃ、続きね」

「へっ。わ、私、イッたばっかりなのに……ひぃんっ！　は、激しいっ……！」

浅いところに止めていた肉棒をまた一気に奥までねじこむと、美涼は声を跳ね上げて全身をビクンと硬直させた。突き入れただけで美涼の膣奥からドロリと粘度の高い愛液が溢れ出して結合部を濡らす。

「んやっ、そんなに身体押し付けてっ、んひっ！　おっぱい潰れちゃっ、ぁあっ、先っぽ擦れてぇ……！　ひっ、あっ、ひゃうっ！　ダメっ、本当にダメなのぉっ！」

弱々しく懇願する美涼の声に、甘ったるい色気が混じっていた。肉襞の締め付けはますます強くなっている。絶頂後で感度の上がった媚肉が絶頂を繰り返している。蕩けた表情の美涼は、自分からも腰を雅孝に押し付けていた。

「やっ、ああっ、ダメぇっ！　奥もっ、無理ぃっ！　ンッ、おちんちんで小突くのダメっ、子宮っ、潰すのダメぇっ！」

「じゃあ、奥と手前、どっちがいい？」

「どっちもダメっ、ダメだってばっ！　気持ちよすぎておかしくなるからっ！」

「ダメ、どっちか選んで」

「じゃ、じゃあ入り口っ！　入り口の浅いほうがいいっ！」

膣内全体が性感帯と化した美涼は、すっかり余裕を失った様子で雅孝の質問に答えた。それをしっかりと聞いた雅孝は、思い切り膣奥へ肉棒をねじこむ。

「ひぁあああぁっ！　なっ、なんで奥ぅっ！　浅いほうにしてって言ったのにぃっ！」

「聞いただけで、そっちにするとは言ってないし」

「ず、ズルいぃっ！　そんなの卑怯っ、ンッ、ひぃいいいっ⁉」

油断したところへ行われる膣奥への責めに、美涼の声が裏返る。もっとも感じる膣奥を雅孝の亀頭がぐりぐりとほじる。

「こんなの無理ぃっ！　我慢できないぃっ！　奥っ、奥っ、んひぃいいいっ！　ずんっ、ずんってするのっ！　ダメっ、あひっ！　んひぃいいっ！」

すっかり蕩けきった声で美涼は雅孝にしがみついて腰を振る。自分からも肉棒を膣のより深くへと誘うかのような動きで快感を貪る。

「美涼ってさ……Mっ気あるよね」

「そっ、そんにゃこと……んむぅっ⁉」

開いた美涼の唇を、雅孝がやや乱暴に塞ぐ。美涼は少し驚いた様子だったが、すぐに自分から雅孝に舌を絡ませる。互いの口の端からよだれが溢れるほど、酸欠になりそうな時間キスを続ける。

「んっ、んむっ、はぁあああ……。はぁ、はぁ……マゾじゃない……もぉん」

呼吸のために口を離して否定する美涼の表情は、どう見ても発情しきったメスそのものだった。説得力皆無な妻に雅孝はさらに劣情を膨らませ、湧きあがる欲望の赴くままに腰を打ちつけた。

「んひゃぁっ、んっ、ひっ、激しいっ！　んぅっ、んふぅうっ！」

軽い絶頂を繰り返しながら、美涼は雅孝を抱きしめる。雅孝は貪欲にその肢体を求めた。浅く、深く、優しく、激しく、夢中になって蜜壺をかき混ぜる。

衰えの知らない剛直に肉襞を絶え間なくひっかきまわされて、美涼の膣痙攣の感覚が狭くなる。必死に声をあげて美涼は雅孝を制そうとする。しかし快感を享受しすぎた身体は美涼自身にも止められない。勝手に動く腰は自身の意に反してくねり、悶え、雅孝の肉棒を刺激し続ける。

「んぁっ、やっ、キちゃうっ！　こわいっ、んぁあっ！　んっ、んむぅっ！」

ひときわ大きな絶頂を予感したのか、悲鳴を溢す美涼。雅孝はそんな彼女の唇に再びキスをする。舌を絡ませ、唾液を混ぜる。酸素と深い愛情を捧げながら腰を遣う。子宮をつぶして、肉襞を削り、劣情の限りをぶつけた。

「んっ、んむぅっ、ぎゅってっ、してっ！　もっと、んちゅっ、もーっと、ぎゅってっ！んちゅぶっ、もっと、もっと……もっとぉっ……！」

美涼が素直に雅孝を求めるようになる。甘く愛しい声が、雅孝の射精欲求を強烈に駆り立てて、瞬く間に思考を埋め尽くす。

「おおっ、おおっ、おっきいの……くるっ……！　あっ、あっ、ダメダメっ、ンッ、これ

ダメなのっ、キちゃうっ……！」

「イクぞっ、美涼っ……！」

「んっ、んっ、んんんぅぅううううっ！　ああっ！　ああっ！　ひぃいいっ！　はぁっ、はぁああぁぁぁぁあああぁぁっ！」

理性を感じさせない子供のような悲鳴をあげて美涼は巨大なオーガズムに至る。雅孝も同時に膣内へむけて精液を放つ。二度目とは思えない大量の白濁が狭い膣内と子宮内を満たしていった。

「ああっ、熱いのっ、ナカ……れっ……！　どぶっ、どぶって……ンッ、ひぃ……おまんこに……しみこむ……んく……んふぅっ……！」

長い射精の中で、美涼の膣内が痙攣を繰り返し、肉棒を揉み続ける。雅孝の腕の中で美涼は絶頂し続けていた。

「んは……ああ……ひぃ……はぁあ……はぁあ……」

小刻みに身体を震わせながら、美涼がゆっくりと呼吸をする。だらりと開いた唇から赤い舌とよだれを垂らし、焦点の合わない瞳で雅孝を見つめる。

「む……りぃ……。も、ぉ……む……りぃ……」

曖昧な意識の中、美涼が雅孝にしなだれかかる。

「うわっと」

繋がったまま、雅孝は美涼のことをしっかりと支えた。

「はぁ……はぁ……」

そのままベッドに倒れこむ。しばらく美涼を抱きしめて、呼吸が整うのを待つ。激しいセックスのあとにもかかわらず、興奮はまだ冷め切っていない。

焼けつくような快感と興奮だけではなく、心地よい安穏と心が繋がっていくのを雅孝は感じていた。それは、非日常が日常と混ざっているかのようだった。

「……美涼、そろそろセックスに慣れてきたんじゃないか？」

「そ……かな……？」

「そう思う。だから……今度は、催眠なしでセックスしてみないか？」

催眠という非日常と日常とが馴染み始めたからこそ、雅孝は美涼に次の段階を提案した。

しかし、

「……ごめんなさい」

申し訳なさそうに、美涼は謝罪を口にした。

雅孝も、まだ早いかもしれないという想定はあった。だからこそ、美涼の返答を優しく受け止める。

「まだ恥ずかしい？」

「うん……自信なくって」

「あれだけ乱れているんだし、楽しめてないわけじゃないよな？」

「み、乱れてるって⁉」

「嫌ってわけじゃないんだろ？」

「それは……そう、だけどぉ……」

一度張った緊張感が、再び軽口によって容易く解れる。それは、これまで積み重ねてきた経験が無駄ではない証だった。

「男は度胸という言葉がある」

「私、女なんだけど？」

「女も度胸という言葉もある」

「なに言ってるのよ。ていうか、いろいろと理屈をつけて、私とエッチしたいだけでしょ」

「うん、したい！」

白い目を向ける美涼に、雅孝は自信たっぷりに答える。

「はぁ……。どうしてあなたは、普段はあんなに頼り甲斐のある人なのに、私とエッチすることになるとこんなバカになっちゃうのかしら」

「美涼だからだよ。……正しくは、美涼が魅力的な女性で、俺が美涼のことが大好きな男だからかな」

雅孝も自分で馬鹿正直なことを言っていると思った。しかし、馬鹿正直にならなければ手に入らないと思い知らされたから、引かなかった。

「……バカ。ほーんと、バカになっちゃったわ」

「たまにはバカになるのも悪くないと思うっ……⁉」

不意に雅孝の唇に柔らかい感触。キスをされていると意識するより先に、雅孝の口腔に美涼の舌が割りこんできた。

「ん……んふっ、ちゅ、ちゅぶっ」

情熱的なキスをした美涼の瞳は、真冬の吐息のように艶めかしく濡れていた。

「私たちって……もしかしたら似たもの夫婦っていうやつかもね」

蠱惑的《こわくてき》に笑う美涼の唇。吸い寄せられるように雅孝はキスを返した。

5章　まさか妻がメイド服を!?

「たまには、ケーキでも買って帰ろうか」

ふと思い立った雅孝は、帰り道にあるケーキ屋でケーキを買って帰る。

どうせなら美涼を驚かせてやろうと、雅孝はそっとドアを開けて中に入った。

(美涼の好きなヤツ買ってきたからな。きっと喜ぶぞ)

抜き足でリビングへと向かう。中へ入ろうとしたところ、

「……着て、しまったわ」

美涼の声が聞こえてきた。雅孝がそっとリビングを覗くと、雅孝が買っていたメイド服を着た美涼が姿見に向かって立っている。

「勝手に着たら悪かったかしら。でも、どうせあの人は、いつか私に着せるつもりだったんだし？　だったら、先んじて試着？　してみてもいいんじゃない？　とか？」

ぶつぶつと自問する妻の後ろ姿があまりにもかわいらしくて、雅孝は思わず飛び出しそうになるが、もう少し眺めていたいという気持ちが勝った。

「えっと……おかえりなさいませ、ご主人様」

背筋を伸ばしてきりっとした表情をする美涼。しかし次の瞬間には顔が真っ赤になって

唇がわなわなと震える。

「ないっ、ないないっ！　ああっ、恥ずかしいっ！　ご主人様って！」

頬を抑えて恥じらう顔を整える美涼は、またすっと姿勢を正す。

「日那様……くらいの呼び方なら平気かしらね。お、お仕事お疲れ様です、旦那様……よ、夜のご奉仕の用意ができております……」

普段の美涼なら、催眠込みでやっと口にする単語が聞こえてきて、雅孝はぐっとこぶしを握る。そのまま、恥ずかしがらずに自分に向かって言ってほしいと思った。言えるようになってくれと願った。

「あーーうーーっ、だめだめだめっ！　恥ずかしすぎるっ！　なによ夜のご奉仕って！　クラシックなメイドさんがそんなこと言うはずないでしょっ！　で、でも……雅孝さんのことだから、こういう格好でエッチに誘ったほうが……？　いやいやいや！　むりっ、むりむりむりむりーーっ！」

スカートがひらひら舞うほど美涼は悶える。姿見に映りこんでいた雅孝に気づいたのは、ちょうどそのときだった。

「雅孝……さん？」

振り返る美涼。

「……ただいま」

雅孝が帰宅してから、初めて夫婦の視線が交錯する。

「あ、あの……。い、いつ、帰ってきたの……？」

「い、今。今帰ってきたばかり、だよ？」

剣豪同士の読みあいのような緊張感が、ふたりの間に流れる。雅孝は、そしておそらく美涼も、必死に次の有効な手を考えているところだった。

「ど、どこから見てた？」

そんな中で、先に美涼が踏みこむ。

「さ……」

最初から、と雅孝は素直に答えてしまいそうになって口を紡ぐ。

「先に風呂に入ってくるーーっ！」

雅孝が選んだのは、敵前逃亡だった。


風呂を済ませて、夕食は美涼が落ちこんだままなので準備から後片付けまで雅孝がすることになった。

「はぁあああ……」

それからしばらく時間が経っても、美涼は意気消沈したままだった。見られてしまって吹っ切れたのか、服すら着替えていない。テーブルに突っ伏した姿は、仕事で大失敗したメイドさんを彷彿とさせる。顔を覆って悔やむ姿に、雅孝の心が痛む。落ちこんだままの妻を放っておけず、雅孝は買ってきていたケーキを取り出す。

「さ、最近、美涼も頑張ってるし、ケーキ買ってきたんだー。美味しいもの食べて、嫌なことはぜーんぶ忘れよ、ね？」

「……うー」

「美涼は、紅茶とコーヒー、どっちがいい？」

「……紅茶」

「砂糖はひとつ、だよね？」

「……うん」

メイドさん相手に給仕をしているようで、雅孝は少し不思議な気分だった。しかし、それを指摘したらやっと持ち直してきた美涼がまた凹んでしまうだろう。気まずさと緊張を甘味で曖昧にしながらゆっくりと日常を取り戻す。

「ところで、さ……」

「……なに？」

「もしよかったら、今夜はそのメイド服でエッチしない？」

美涼は小さく首を縦に振った。

「でも……」

「でも？」

ただ、すんなりと事は運ばなかった。

「装置は、使ってね」

このままの流れなら、催眠装置なしでのコスプレセックスもできただろうが、やはりまだ美涼は最後の一線を越えられずにいるようだった。


「旦那様。……こんな感じかしら？」

寝室でいつものように美涼に催眠をかけた。

雅孝は、せっかく美涼がメイド服なのだから、当然メイドと主人というシチュエーションを選ぶ。しかし、せっかく自分からコスプレをしてくれたのだから、できるだけ美涼本来の姿を味わいたいと思った。

催眠装置を使って暗示をかけ、エロエロメイドになってご奉仕してもらうのは簡単だ。だが雅孝は、今はそれよりも貴重な状況だと思った。そこで、これまでのように役になりきってもらう暗示ではなく、自分に対する呼び方を変えて、自分がメイド服を着ているという状況を気にしなくなるようにした。つまり、今の美涼は催眠にかかってはいるが、性に対する認識は、行為に向かう心境は、素の美涼に近い状態と言える。

妻の気まぐれを、千載一遇のチャンスを、いつでもかけられるような暗示で塗りつぶすのはもったいない。

スカートをめくり、うっすらと濡れた秘所を晒して、美涼が雅孝を誘う。雅孝の肉棒はすっかりいきり立っていた。

「こ、興奮してくれてる……」

「ああ、もちろん」

雅孝は衝動的に美涼の乳房に手を伸ばした。ブラウスのボタンを外して中に納まっていた爆乳をまろび出させる。さっそく乳房を揉みしだくと、美涼は身を強張らせて熱っぽい吐息をこぼした。

「んはぁ。んぅ……旦那様……ぁ……」

餌を前にした犬のように、夢中で乳房を弄《もてあそ》ぶ雅孝に、美涼は慈愛に満ちた眼差しを送る。やがてその視線は、雅孝の手によって艶やかな熱を帯びたものになっていく。

「ねぇ……もぉ、いいでしょ……？　早く……私のおまんこに、旦那様のおちんちんを入れてちょうだい……」

切なげにねだる美涼の声が雅孝の耳に届く。目に飛びこむのは、いやらしいメイドが主人の挿入を求めている姿だった。その声に背中を押されて、雅孝は怒張した肉棒を最深部めがけて突き入れた。

「あっ、はぁ……んんぅっ……！　旦那様のが、入ってきたっ……！」

ぎちぎちと肉棒を締めつける膣の圧迫は、少しでも気を抜いたら射精まで達してしまいそうだった。

「熱くて、硬いので……おなかの中、押し広げられて……んっ、んぅ……」

濡れた膣肉を押し広げる感触と、美涼の口から漏れる甘い声が雅孝の肉欲を刺激する。

「旦那様の……思うように……。はぁあ……おまんこ……して……」

甘えるような声で紡がれる誘惑の言葉は、催眠によるものではない。愛らしい言葉に雅孝の腰が突き動かされる。体重をかけてさらに深く肉棒を押しこむと、息を飲むほどの快感と充足が心身を満たした。

「あっ、あっ、きた……ぁっ……！」

肉棒を手前まで引き抜き、最深まで突き入れる。そのたびに、美涼の口からくぐもった吐息が漏れる。ぐりぐりと子宮ごと肉棒で潰すように腰を遣うと、わかりやすく美涼の口からは甘い声が飛び出す。

「はぁあっ、あぁっ、旦那様ので……おなかがっ、いっぱいっ……！」

「少し休むか？」

「う、ううん……大丈夫……。旦那様と一緒に、気持ちよくなりたいから……。だから思いっきり……好きに、動いて……」

すべてを受け入れる美涼の言葉は、期待と興奮の色が混ざっていた。

雅孝は遠慮なく美涼の蜜壺を抉る。愛液を溢れさせる美涼の膣を本能のままに求める。美涼のほうからもしっかりと腰を振って、快感を求めている。繰り返すが、催眠で発情させているわけではない。この濡れようはまさしく美涼本心からのもので、それゆえに雅孝は興奮が刺激されてペースも早まる。

「んふっ、はぁんっ！　気持ちっ、イイっ！　んっ、ナカっ、かき混ぜられるのぉ……！　ぞくぞくしてっ、繋がってるところっ、熱くなって……んぁっ、なにもっ、考えられなくなるぅっ……！」

　窮屈な膣内がピストンのたびに収縮する。挿入した肉棒を離すまいと肉襞が絡みつく。粘度の高い愛液がかき出されて、卑猥な水音を響かせた。

「ああっ、んっ、ふぁあっ！　ンッ、いっ、イイっ……！　そこっ、ンッ、好き……もっとシてぇっ……！」

　甘ったるく懇願するような美涼の声が、雅孝の思考を溶かしていく。

「気持ちよく……んっ、んふぅっ、一緒に、気持ちよく……なろぉ……？」

　美涼の一言一句が雅孝の理性を揺さぶる。主人をダメにするメイドというのは、きっと彼女のような存在なのだろう。粘膜の擦れる音がこぼれた嬌声をかき消す。ふたりは快感の海へと沈んでいく。

「ああっ、はぁっ、ンンッ！　おっぱいぎ

ゆってっ、ああっ、気持ちいいっ……！」

雅孝は体重をかけて手からこぼれるほどの爆乳を鷲掴みにした。肉欲に任せた乱暴な手つきにもかかわらず、美涼は恍惚とした表情で雅孝の愛撫をせがむ。

「やめちゃ……ダメ……動いてぇ……！　気持ちいいの……やめないでぇ……！　もっと、ナカぁっ……！　かき混ぜて……激しく、シてぇっ……！」

美涼に求められるままに、雅孝はガムシャラに腰を振る。熱くうねる肉壺の中をぴったりと埋めるように。肉襞を擦り、亀頭で何度も子宮口を小突く。行為を覚えたばかりの頃のように、美涼の膣全体へ快感を送りこむ。

「おまんこにっ、いっぱいっ！　旦那様のおちんちんがっ、ああっ！　ずぼっ、ずぼってナカっ、ンッ、あっ、あっ、あはぁああっ！」

快感が膨らむにつれて、美涼の脚が雅孝の身体に絡みつく。雅孝のことをもっと奥へと誘っている。密着することでふたりの快感は最高潮まで引き上げられた。肉がぶつかり、擦れ、愛液が弾ける下品な音も耳に入らないくらい互いの肉体と快楽に夢中になる。

「あっ、あっ、凄いっ……！　これ、凄いっ……！　お腹の奥からっ、熱いの……！」

輪郭がわからなくなるほど抱きあって、雅孝は美涼の膣奥を責めたてる。腰が動いているのは美涼も同様だった。雅孝の動きに合わせた腰遣いで我慢することなく嬌声をあげる。

「旦那様っ、旦那様っ……！　おまんこ、もっと突いて……ぐちゅぐちゅってぇっ！」

あさましく声をあげて快感を欲する美涼を前に、雅孝のブレーキは完全に壊れた。もう射精するまで止まらない、止められないとはっきりとわかった。

「んっ、んぐっ、ふぁああっ！　おちんちんっ、奥っ、届くっ！　子宮っ、ンッ、ああっ、おちんちんに潰されてるぅううっ！」

子宮がひしゃげるようなピストンに、美涼が嬌声をあげて身体をのけぞらせた。雅孝を突き動かすのは、目の前のメスを孕ませたいという、オスの持つ根源的な欲求。

「旦那様ぁっ、ああっ、ああっ、イクッ、このままじゃ、私っ……！　んっ、ああっ、だから、一緒……一緒がいい……イクなら一緒にぃっ……！」

背中に美涼の爪が刺さる。雅孝はハッと我に返った。真っ赤な顔で絶頂をこらえている美涼の表情は、雅孝に自分が彼女の夫であることを思い出させた。

「イクなら……ああっ、旦那様と、一緒……ンッ、んむぅっ!?」

雅孝は美涼の唇を奪う。愛情をこめて膣奥を貫く。ガクガクと痙攣《けいれん》する膣肉の感触を味わいながらラストスパートをかける。

「ああっ、激しくっ、んぁっ、おまんこ、拡げられっ、てるぅっ！」

雅孝はひたすらに腰を振って、大量の愛液をかき出しながら絶頂へと向かう。抱きあう身体を擦りあわせ、唇も重ねて互いの興奮を共有する。

「もうダメっ、耐えられなっ、いっ、イクッ、イクッ、イッくぅううぅぅぅっ！」

「俺も、もう……出るっ……！」

びゅくっ、びゅくっ！　数回に分けて肉棒が脈打ち、美涼の膣内へ精液を流しこむ。結

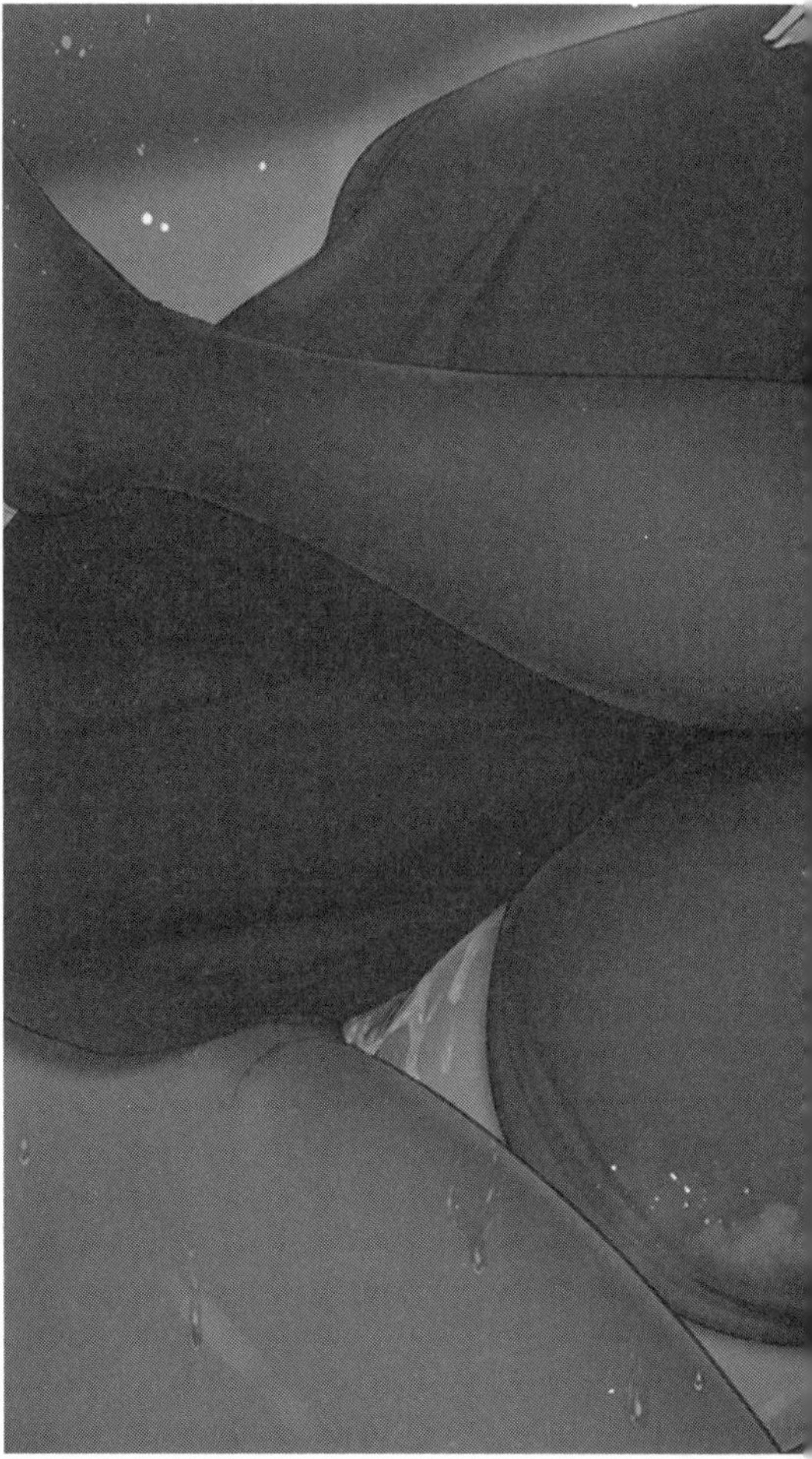

合部を隙間のないほどに密着させながら、ふたりは大きなオーガズムに包まれる。
「はぁあああ、はぁあああ……すっごい出てる……旦那様の……熱いザーメン……」
恍惚とした表情で、肩で息をしている美涼は、肉棒の脈打ちに合わせて下半身をヒクヒクと痙攣させていた。

「美涼……」

「ん……旦那様、わかってるわ……。ナカで、おちんちんがまだまだおっきいもの……」

汗まみれの顔で美涼は微笑んだ。今夜の美涼は積極的だった。

「んんんぅっ！　またぁっ、奥ぅっ……！」

愛液と精液の詰まった蜜壺に向かって、雅孝は再び腰を押しこんだ。子宮口まで届く勢いで思い切り膣奥を押しつぶし、すりつぶすように腰を捻る。美涼の口から上擦った声が飛び出した。

「あっ、あぁっ、いいっ……！　奥っ、ぐりぐりぃっ！　んぁっ、気持ちいい……！」

「俺も、凄く気持ちいいっ……！」

少し前の美涼は、恥ずかしいと声を我慢し、イクことすら躊躇《ちゅうちょ》していただろう。こうして美涼が素直に感じているメスの顔を見せると、雅孝はこれまでの渇望が満たされていくのを感じた。

「あっ、やっ、イッたあとだからっ、すっごく感じるっ……！　ふぁっ、あっ、声っ、我慢できないっ、ンッ、あひゃぁっ！」

雅孝は美涼の変化を感じていた。深く、強く、その身体を求めて貪るたびに、淑やかな顔が快感で乱れ、愛液を溢れさせるメスへと変わる。その実感が思考と身体を麻痺させる。

先ほどとは逆に、今度は雅孝がしっかりと美涼を抱きしめる。逃げられない状態で、肉棒をずっぽりと差しこみ、繋がる。

「ひっ、ああっ、顔、近いぃっ！　ンッ、ダメっ、ダメなトコ、見られちゃうっ！」

雅孝はすべて見るつもりだ。美涼の変化を、膣内の感覚とともに。

肉棒の形を刻み付けるように、自分の匂いを染みこませるように丁寧に。くりかえし最奥に亀頭を擦りつけ、膣内を貪る。強引に唇を奪い、美涼が自分のモノであるという証をこれでもかと刻み付ける。ビクンと身を震わせる反応も愛おしくてたまらなかった。

「んんっ、んふっ、んっ、ちゅぶっ！　も、もぉっ、むりっ！　このまま、ナカ、れっ、出してぇっ……！」

「ああっ、もちろんだっ！」

身も心も蕩けきった美涼の声を聞き、痛いほどに締め付ける膣肉を全力で削り潰し、こみあげる衝動のままに雅孝は腰を振る。

「んくっ、ふっ、あっ、んむぅっ！　あひっ、ひっ、イグッ、いぐ……ぅっ……！」

美涼が雅孝を強く抱きしめる。爆乳が円盤状にひしゃげるほどに密着する。急激な膣痙攣は雅孝の射精衝動をあっという間に爆発させた。

「ああっ、出るぞっ……！」

二度目とは思えないほどの精液が美涼の膣内に流れこむ。濃厚な白濁弾が子宮を叩く。

「いぐっ、いぐぅううっ！　あぁぁぁっ！　あぁぁぁっ！　あぁぁぁっ‼」

獣のような嬌声をあげて、美涼は再び激しいオーガズムに至った。全身を痙攣させて、肉襞は射精中の男性器を貪欲に咀嚼《そしゃく》し続けている。雅孝の尿道に残る精液まで根こそぎ搾り取るかのような蠕動《ぜんどう》。そして彼女は、どこまでも深く濃いアクメに沈む。

「はぁっ、はぁっ、んひぃっ！　くっ、はっ、はぁあっ！」

ビクン！　ガクン！　美涼の身体が跳ねる。大きすぎる絶頂に繰り返し潮を噴いている。

雅孝はその様子を歓喜に包まれながら眺めていた。

「はぁ……はぁ……ふぅ……。んふぅぅぅ……はぁぁぁ……」

永遠とも思える長い絶頂から、ふたりはようやく戻ってきて、冷たい酸素を身体に取りこんだ。

「イッ……たぁぁぁぁ……」

全身に大粒の汗を噴きださせ、メイド服はぐっしょりと濡れている。肩で息をする美涼は、すっかり乱れきっていた。

「気持ちよかった？」

「はひぃ……気持ちよかった……死ぬかと思ったぁ……」

催眠はもう解けているのだろう。すっかりいつもどおりの口調に戻った美涼が、満足げにつぶやく。

「はぁ……はぁ……。でも……まだ、終わっちゃダメ……」

ぎゅっと雅孝の腕をつかみ、いまだに絶頂の余韻から抜け出せていないにもかかわらず美涼は雅孝を求めていた。

「あなたが満足するまで……今日はずっと、シて？」

まだ足りないとばかりに続けた美涼の言葉は、セックスレスを感じていた頃とは考えられないほど渇望と興奮に彩られていた。

「……休憩を挟まなくてもいいのか？」

「あなたと一緒がいいの……大変なのも、気持ちいいのも、全部一緒が。だから、ドロドロになっておかしくなるくらい。なにも考えられなくなるくらい……私を、思いっきり愛して？　夫婦なんだから……後腐れがなくなるくらい……私があなたのモノなんだって、ハッキリ感じさせて……？　どうせするなら、最後まで……一緒に、満足しましょ……？」

期待と興奮とが混ざった眼差しを向ける美涼。それは、どんな言葉よりも雄弁に、そして効果的にオスを誘うものだった。雅孝は、もう明日のことを考えるのをやめた。ただ夢中になって美涼を求めることにしたのだった。


それから、どれくらい経ったか。

時間を確認するのも忘れて、ふたりは身体を貪りあった。

身体は体液でドロドロになっていた。互いの身体に、互いの匂いが染みつくほどに交わり続けていた。

「はぁ……はぁ……ぷはぁ……。ンッ、はぁ……むちゅぅ……もっとぉ……」

半ば気絶したような状態で美涼はセックスをせがむ。原始的な性欲の赴くままに、ヘコへコと無様に腰を振ってアピールしていた。だが、そろそろ雅孝も限界だった。そう思って、雅孝は美涼の唇に優しくキスをした。

「ん……ふぅ……」

セックスの終わりに、呼吸と興奮を整えるようなキス。

美涼は満足そうに艶っぽい吐息を漏らす。

「はぁ……はぁ……。美涼……」

「なぁに……？」

高揚した気分が長い時間をかけて落ち着いてきたところで、雅孝はひとつの疑問を投げかけた。

「さっきの感じなら、もう催眠はいらないんじゃないかな？」

「……へ？　いやいや、あれは催眠のせいでしょ」

美涼は目を丸くした。

「確かに今回も催眠はかけてたけど、今回はエッチになるような命令はしてないし。それであんなふうにエロくなれるなら、今後は催眠に頼らなくてもできるんじゃない？」

「えっ、そ、そうなの!?　いやでも、そんなことないもんっ！」

美涼は慌てて否定した。

「え、エッチになったのは催眠のせいっ！　そんなこと言って、本当はメイド服を着せた私にエッチになる催眠かけたんでしょ!?　ほ、本来の私は、エッチじゃないもんっ！」

どういう暗示をかけられたかは、美涼だって覚えているはずだ。必死に否定している美涼の顔は、発情とは違う真っ赤だった。

「と、とりあえずっ、まだ絶対ダメっ！　普通にエッチなのはダメっ！　私は普通っ！」

「はいはい……わかったわかった」

流石にこれ以上は言及できないと、雅孝は退くことにするのだった。

6章　お祓え！　巫女ちゃま輩！

連休が始まったタイミングで、雅孝は美涼と一緒に雑貨屋へ来ていた。

「混雑しているから普段あんまり来ないけど、あらためて見るといろいろあって、テーマパークみたいよね」

狭い通路をきょろきょろ見渡しながら美涼がつぶやく。それには雅孝も同意だった。心地よい閉塞感と来るたびに変わる陳列棚の品ぞろえは雅孝の少年心をくすぐる。

「あ、私ちょっと見たいものがあるから、雅孝さんは適当に店の中を回ってて」

「うん」

なにかを思い出した美涼の言葉に従い、二手に別れて店内を散策する。雅孝の足は自然と店内奥の衣装フロアへと向かっていた。

「……ふむ」

明らかにいかがわしい衣装もあるものの、子供向けから大人向けまで揃ったフロアは、正しくコスプレのためにあるような空間だ。

「ふえ～……思っていたよりもずぅっとバリエーションがあるのね～」

「そうなんだよな。スカートか袴かってだけで趣が異なって……って、うわっ⁉」

隣に妻が立っていた。見られてマズいものを見ていたわけではないが、雅孝は心臓が止まるような心地がした。

「今度はこういうの……着せたいの？」

美涼が、先ほどまで雅孝が見ていた衣装を指さす。雅孝の視線が向いていたのは、巫女ちゃまナースに変身するヒロインが着ている（デザインを模した）巫女服だった。

「そ、それはっ……き、着てくれるってこと？」

「んん？ そ、そうねぇ……最近はあなたの無茶ぶりにも慣れてきたしね～」

期待した雅孝に美涼のジト目が向けられた。ため息を吐いて肩をすくめる美涼。これは買うのを許してもらえなさそうだと雅孝は察した。

「……でも、これも好きそうよね？」

「んっ？」

「あと……これも絶対好きでしょ？」

「んんんっ⁉」

「……んふ、雅孝さんって単純ね」

服と雅孝の反応を交互に眺めながら、その反応を面白がる美涼。完全に手のひらの上で転がされる雅孝だった。

「こ、今回はお互いに好きな衣装を選んで買うっていうのはどうかなっ⁉」

「ねぇ……なんで買う前提の話になってるの？」

冷ややかな視線が雅孝に向けられた。

「……というか、どっちも私が着る前提の話よね、ソレって」

「あはは……まあ、そうなるな」

「でも……そうね。あなたも着てくれるなら考えないでもないわ」

「えっ!?」

思いもよらない展開に、雅孝は驚いた。

「例えば……私があのペンギンの着ぐるみを選んだとして、あなたが家でその着ぐるみを着てくれるっていうなら……」

と、美涼が指さしたのは、かわいいようで絶妙にかわいくない、着た人間の精神を削り取るような絶望的にダサい着ぐるみ。

「……も、もちろんさぁ……」

正直、雅孝も着たくはない。だが、ここで退くわけにはいかない。

美涼のコスプレが多少の精神的ダメージで拝めるのなら、些細なことだ。

「……ふふっ、冗談よ」

そんな雅孝の決意などつゆ知らず、美涼はどこか満足そうに微笑んだ。

「でも……そうね、私が選ぶのも楽しそうかも。お互いに私が似合う服を選んで、センスがいいほうをひとつだけ買うことにしましょうか」

「へ、ひとつだけ?」

「そっちのほうが、勝負みたいで楽しそうじゃない？」

「……なるほど」

どうせなら両方買ってしまいたいと思う雅孝だったが、美涼の提案も面白そうなので乗ることにする。

「それはいいけど、判定はどうする？」

「うーん、店員さんに聞いてみる？」

「うちの妻にどっちのコスプレ衣装が似合うと思いますっ……て？」

「そ、それは……ダメ……」

想像した美涼が顔を赤くして恥じらう。

「あるいはほかのお客さんに聞いてみようか」

「ナシ、ナシっ！　やっぱり、判定はナシでっ！」

耳まで真っ赤にして拒否する美涼。

「そっか。じゃあ、判定方法はそのときに考えるということで」

「そうしましょう」

「とりあえず、今はお互い似合うだろう服を選ぶ」

「そうね……！」

「最終的に買う買わないは置いておいて、どれが似合うか考えるだけでも楽しめそうだし」

「うんうん」

「もしお互いの意見が別れたら、両方とも買えばいいってだけだもんな」

「うんうん……うん？」

ノリノリで相槌を打っていた美涼が首をかしげる。突発的に始まったイベントの主導権はすでに雅孝が握っていた。

「それじゃあ……どっちの服飾センスが優れているか、勝負スタートだ！」

「あれっ、スタート？」

そうして、紆余曲折ののちにふたりのショッピングバトルが始まった。


バトルの結果、お互いが選んだ服を両方買うことになった。

「どうしてこんなことに……」

その夜、寝室で美涼が頭を抱えている。目の前にある袋には、それぞれの選んだ衣装が入っている。

「まあ、お互いに服を選んだらこうなるよ」

「あなた、最初からこのつもりで……？」

「さて、なんのことやら」

「んもぅ……」

小言を言いたくてたまらない様子の美涼をしり目に、一方の雅孝は衣装を取り出す。雅孝が選んだ巫女服だ。

「というわけで、今回は巫女服でいこうと思います」

「わかったわよ」

美涼がすっと手を出し、雅孝が衣装を渡した。さっそく服を脱いでいく妻を見ながら、雅孝はふと気づく。

「えっと……まだ催眠かけてないけど、生着替えしてくださる？」

「……っ！」

美涼の動きがぴたりと止まった。

美涼に衣装を着てもらうときは、催眠装置を使ったあとだった。しかし今夜は美涼が自分から、雅孝の前で着替えている。それに気が付いて、美涼の頬が一気に赤らんだ。

「き、着替えを見るのはダメ！　というか、さっさと催眠っ！　はいっ！」

着替え途中の、パジャマのボタンを外して胸を露出した状態で、美涼が雅孝に催眠装置を押し付けた。美涼が慌ててベッドに腰かけて雅孝をせかす。今、自身が身に着けている服の状態については、すっかり頭から抜けているようだった。

そんな妻の様子を微笑ましく思いながら、雅孝は装置の電源を入れる。

「それでは、巫女服に着替えてください」

雅孝の指示で美涼が着替える。あのとき黙っていれば、美涼の生着替えが見れたのだと思うと、雅孝は少し後悔した。

着替え終わったところで、雅孝は今回のシチュエーションを指示する。

「悪霊と戦う巫女さんが、戦闘で受けてしまった穢《けが》れを専門家の俺に祓ってもらうっていうシチュエーションにしよう」

雅孝は、戦うヒロインを性的にケアするオイシイ役目を務めることにした。

「ではさっそく……」

雅孝はローションの入ったボトルを持って美涼の背後に立った。巫女服から覗く谷間に向かって粘液を垂らす。

「んんぅっ⁉ な、なんですかこれぇ……」

「なにって、穢れを落とすために必要な道具さ」

ローションを垂らしたうえで巫女服の上から乳房をもみほぐす。粘液が生地にを透けさせて、ピンク色の乳輪と乳首が浮かび上がる。

「んふぅ……はぁ、ン……にゅるにゅるって……あふぅ……」

乳房全体を波打たせるように揉むと、美涼がさっそく甘い吐息を漏らした。腕の中で身体をくねらせて、袴に包まれた臀部が雅孝の股間を擦る。

「感じてしまっているね？」

「んっ、だって……あふっ、おっぱい……されてるから……んぁっ！」

濡れた布地を持ち上げる乳首を弾くと、美涼の口から上擦った声が飛び出た。

「乳首っ、んひっ！ ピンピンってするのっ、んっ、ダメ……！」

ぬめる身体を悶えさせる美涼を、雅孝はしっかりと押さえこむ。

「お祓いの前に必要なことだから、逃げちゃダメだぞ」

「そ、そんなこと言われても……ぉっ……！　んっ、はぁん！」

美涼の身体は、ローションによって感度が上がっていた。ぬめりに任せた雅孝の愛撫は、粘液越しというだけで普段とは違った快感を美涼にもたらす。たまらず身体をくねらせると、雅孝の指が乳房にめりこみ、それだけで甘い電流が身体を痺れさせた。

「はぁっ、ンッ、んふぅっ……！　ぬるぬるおっぱいっ、んぁっ！　ジンジン熱くなってきて……んっ、あっ、あぁあっ……！」

「ふむ。これで感じてしまうということは、悪霊がそうとう悪さをしているようだ」

美涼の様子を眺めながら、雅孝は真剣な顔をしてつぶやく。

「これはいつもより激しいお祓いが必要だな」

「は、激しいお祓いってっ……!?」

「とにかく、ベッドに横になろう。あとは……美涼の中の悪霊が、勝手にエッチなポーズをとるはずだから」

「えっ、ええっ!?　エッチなポーズなんて……んっ、身体が……勝手にぃっ……!?」

催眠装置で肉体を操るなんてことはできない。あくまで美涼は、雅孝の言葉に乗って、悪霊に身体を操られる巫女ヒロインを演じてくれている。

ベッドの上に仰向けになった美涼は、自分から局部を無防備に晒す痴態を披露する。まんぐり返しが彼女の思う「エッチなポーズ」なのだろう。雅孝は妻を眺めながら自分のツボが的確に刺激されているのを感じた。

「おまんこも……あうぅ……全部、丸見え……んっ、あっ、あうぅ……」

羞恥《しゅうち》に顔を赤らめる美涼の陰唇を雅孝は優しくなぞった。

「は、恥ずかしい……のにぃ……。身体の自由が、利かないぃ……」

いつもなら、あっという間に脚を閉じてしまうだろう美涼も、催眠でヒロインを演じている今はノリノリで雅孝とのプレイに興じている。

雅孝は美涼の陰部へローションを垂らす。冷たい粘液の感触に、美涼の下腹部がヒクンと反応した。

「んひっ、お、おまんこにも……ぬるぬるが……ンッ、んふぅ……ひぅうっ⁉」

垂らしたローションをたっぷりと指にまぶして、雅孝は美涼のアナルへ狙いを定める。窄まり周辺の筋肉をほぐすように、ぐにぐにと弄り回した。

「んぁっ、ひっ、なぁっ、なにっ、んぉっ、おおっ……！」

「なにって、お祓い。お祓いをするための準備だよ、これも」

「いやでもっ、そっちは不浄の穴でっ、あひっ！」

「下手に動いたら、悪霊も暴れて大怪我しちゃうかもしれないからねぇ」

「だ、だからって、でもっ、んぁっ！　やっ、それ気持ち悪い……ンッ、指、抜いてっ、ひぁっ、お尻から……んっ、んんぅっ……！」

すでに雅孝の指は第一関節まで埋没していた。ぬめる人差し指で括約筋を丁寧にほぐす。

細い異物が出入りする感触に美涼が身を強張らせる。すこし怯えたような表情を見る雅孝に、興奮と背徳が膨らむ。

「ひゃっ、はぁっ、入って……抜けてっ……！　んっ、んっ、んふぅうっ……！」

アナルは膣よりも強い力で雅孝の指を締めつける。膣襞とは違う硬い感触は、しかし膣と同じく熱心に雅孝のことを歓迎しているようでもあった。尻穴の反応を指先に感じながら喘ぐ美涼の姿は、見ているだけで雅孝の嗜虐心《しぎゃくしん》をくすぐった。

「奥まで、入れてみるよ」

「ふぐっ……!?　おっ、おおぉ……おぁっ、あああぁぁぁっ……！」

まずは人差し指を奥までねじこむ。ガクガクと全身を震わせながら、アナル挿入の刺激に美涼から言葉にならない悲鳴があがる。

妻の反応を見ながら、雅孝は指を出し入れする。指を入れるときの苦しそうな表情と、抜くときの恍惚とした表情。うめき声のような喘ぎ声に混じる吐息はひどく官能的だった。

そうして慣らしていき、挿入する指の数を増やす。

「んひぃっ！　はぁっ、はひぃっ!?　やっ、ふぐっ、お尻……拡げられ……！」

先ほどよりも強い抵抗を感じながら、雅孝は挿入をやめない。

「ダメっ、お尻いっぱいにっ……、んひっ、はひぃっ……！」

「一本も二本も変わらないさ」

「そんなことぉっ……!?　あっ、あっ、んやぁっ！　奥っ、あひっ、んぐぅ……！」

　呼吸の根元を抑えられているかのように美涼の声がくぐもり、アナルへの挿入という生理的な嫌悪感を前にして全身を強張らせる。それでも雅孝は美涼の尻穴を刺激し続ける。中で指を曲げて指の腹で腸壁を擦る。

「んぁっ、んっ、ふぅっ……、はぁっ、はぁっ……！」

　肛門を広げるように指に力をこめると、美涼の口から甘みを帯びた声が漏れる。

「ダメ……ダメぇ……。お尻……指でほじるの……ぉっ……！　んんっ、ひぃいっ！」

　ダメという美涼の抵抗が、尻穴への執拗な愛撫で揺らいでいく。比例するように、ヒクつく女淫から愛液が溢れ出す。

「初めてのアナルでこんなに感じてしまうなんて、恐るべき悪霊……」

「そんなっ、こと……ぉっ、ヒィッ！　ダメっ、んぉっ、おひっ！　こんにゃ……やっ、お尻ぃっ……！　ひぃっ、ひぃっ、拡がっちゃう……からぁっ……！」

　柔らかい内部の肉をぐりぐりと弄ると、美涼は顔を引きつらせて猛烈に肛門を締める。拡張だけでなく愛撫もするよう心掛けながら、雅孝は丁寧に排泄孔を耕す。だんだんと刺激に慣れてきたのか、美涼の呼吸は落ち着きを取り戻しはじめていた。

「もう一本、増やしてみよう」

「ふへっ⁉　さ、三本って……む、むりっ、無理だからっ……！」

　雅孝は、三本目の指をアナルへ挿入した。

「ふぐっ⁉　増えっ、おっ、おひっ、おひりぃっ……！」

弱々しく苦悶に満ちた声が美涼から飛び出る。

「大丈夫、俺を信じてくれ」

「んにゃっ、なに、言って……ひっ、ひぃいっ！　おひりっ、壊れるぅうっ！」

雅孝はくぐもった声をかき消すように、丁寧にアナルをほじる。苦痛を紛らわせるように、愛液を溢れさせるワレメもさする。

「おっ、おひっ、おひりとおまんこ……一緒にぃっ……!?　ふっ、ふっ、おおっ！　両方されるのっ、ンッ、変っ、なっ、あぁぁっ！」

日常生活で使うデリケートな器官だからこそ、雅孝は美涼の反応をしっかりと確認しつつ愛撫を続ける。苦しげな声の中に熱を帯びた吐息が混じる。それを見逃さず、排泄器官での快感を美涼に覚えさせる。

「な、な、なんなのこれぇ……。んふっ、くぁっ、ダメ……ぞくぞくするぅ……」

アナルへの指の抜き差しが、排泄の生理的快感に近い刺激を美涼に与える。美涼は切なそうな表情で身体を震わせた。排泄器官に挿入された指の出入りが、徐々に、確実に、彼女の中で快感へと変わっていく。おぞましい感覚がだんだんと薄れてきて、腸壁を刺激する三本の指が確実に美涼の身体を昂らせた。

「おっ、おひっ、こんな……んぁっ、なにか……キそうな……あふぅっ！」

美涼の変化を雅孝は見逃さず、尻穴の開発を一気に推し進めた。甘い声が出た部分を指の腹で擦りながら美涼にさらに快感を送りこむ。

「かひっ、いまっ、それダメっ！　ぐりぐりってされたらっ、あっ、キちゃうっ！」

「いいぞ、キていいぞ！　アナルでイッて、悪霊退散だっ！」

「いっ、いっ、イクッ、イッちゃうなんて……んぁっ、アナルっ、お尻っ！　イクッ、んひぃいっ！　ひぃっ、ひぃいいいいぃいいっ！」

ぶしゅっ！　ぶしゅっと美涼から潮が噴き出る。雅孝の指は食いちぎられそうなほど力強く肛門に圧迫された。それは、美涼が尻穴で果てたなによりの証拠だった。

「ひぃ……ひぃ……わらひぃ……。おひりでぇ……イ……イかひゃれぇ……」

焦点の合わない瞳で美涼は蕩けた表情を晒している。初めてのアナル絶頂は彼女に異質な、しかし深いオーガズムをもたらした。

指を引き抜くと、美涼の肛門はぽっかりと口を開けて、呼吸をしているかのようにヒクついている。

「どぉしよぉ……。おひりぃ……閉まらない……んだけどぉ……」

「……なら、栓をするしかないな」

「せ……せんぅ……？」

開かれた肉穴は、男の挿入を待ち望んでいるかのような様子で、雅孝はそこへ肉棒を挿入することを想像するや否や身体が動いていた。

「んぉおおぉぉおっ!?」

ぬぶっ、みちっ、みちみちっ！　ローションと美涼の分泌した体液とでぬかるんだ尻穴へ肉棒が突き刺さる。大きく腫れた亀頭が肉孔をこじ開ける。

膣とは別格の抵抗を感じながら、雅孝は呻く。挿入される異物に美涼も半ばパニック状態に陥っていた。

「ムリっ、ムリっ！　そんなっ、おっきいの絶対ムリぃいいいいっ！」

「だ、大丈夫……！　やれば、できるっ！　挿れれば、入るっ！」

「んなっ、む、無茶苦茶なっ……！　んひぃっ！　拡がるっ、んぉっ、おぉぉっ！」

肉筒の締め付けは、指で感じていたものよりもずっと凶悪だった。生理的反応で腸内へ侵入する異物を押し出そうとするような蠢《うごめ》きだ。雅孝は強引に腰を押しこむ。

「さ、裂けちゃうっ、割れちゃうっ！　お尻っ、壊れるからぁっ！」

「美涼っ、力を抜いてっ！　あと少しだからっ……！」

「抜けないっ、ムリっ、むっ、むぅっ⁉　んひぃっ、あっ、あひゅうんっ⁉」

もっとも太い先端が括約筋を通過すると、残りはヌルリと吸いこまれるように入った。そのまま一気に肉棒がアナルの最奥まで到達する。最初の抵抗が嘘のようだった。

「は……入ったぞ……」

「う……うそぉ……」

美涼の視線は結合部へと向けられていた。いつも膣内をいっぱいに圧迫する夫の性器が、アナルに埋没してしまっているのはにわかに信じがたいことだった。しかし、美涼は今はっきりと尻穴に異物を感じている。本来なら性交に使うところではない穴で繋がったと思い知ると、全身に鳥肌が立ち、脂汗が噴き出る。

「……このままだとキツいから動くぞ」

「わ、私まだ……さっきイッたばっかりでぇ……！」

膣とは違う締め付けに雅孝も耐えられなくなる。ひと言告げて、返事も最後まで聞かずに腰を動かす。一往復しただけで膣とは別物だと実感する。

ずるるる、と男根を引き抜く際に痛いほど締め付けられる感覚は、膣では絶対に味わうことのできないほどの強さだった。ぬぷ、ずぷぅ、と先端から根元まで呑みこまれていく感覚は、腰ごと引き抜かれるような強烈な吸い付きに感じた。

「おおっ、おおっ、おひりっ！　んひっ、おっ、おひぃっ！　こわれっ、んりゅっ！　ダメになりゅっ！　使い物にならなくなっちゃっ、んひぃんっ！」

本来であれば性器ではない穴を一方的にほじられている美涼の反応が、たまらなく雅孝の嗜虐心をくすぐる。

「おちんちんっ、んひっ、出たり、入ったり……いっ、んぃっ、いひぃんっ！　ぐりぐりされてっ、ほじほじされてっ、んぁっ、気持ち悪いっ、はず、なのにぃっ……！」

肉棒が腸壁を何度も擦る。大きなカリ首がアナルの粘膜を削る。その異様な感覚に美涼は快楽を感じていた。先に絶頂を味わったことで、肉体が発情してしまっている。羞恥や不安すら興奮と快感へと変換されていた。

「ひっ、おおっ、おっ、ダメ……！　これっ、戻れにゃくっ、なるっ！　おっ、おかひくなっちゃっ、あっ、ひぃんっ！」

　アナルをほじられて無様に声をあげる美涼を前にして、雅孝はかつてない興奮を感じながら激しく腰を振りたくった。なにも挿入されていない膣は尻穴への刺激にヒクついて、おびただしい量の愛液を滾々と湧きだださせている。

「きひっ、あっ、ひぃっ！　またっ、クるっ！　さっきよりっ、深いのっ！　き、キちゃうっ！　くぅっ、くひぃいいいっ！」

　雅孝が無我夢中で美涼のメスアナルをほじりまくって、何度目のピストンか。美涼の口から声にならない悲鳴が飛び出し、膣からはぶしゅっと愛液を噴きださせた。同時にアナルが猛烈に締まり、雅孝からもうめき声が漏れる。

「かひっ、ダメっ、今は……あひっ！　おひりっ、おひりっ、ああっ、ひぃいんっ！」

　それでも雅孝は抽送を止めない。腸液と愛液とでドロドロになった肛門肉を肉棒でこそぎ落すように腰を遣う。

「あひっ、らめっ、これらめっ！　んぉっ、おっ、おおぉおっ！　おひりで感じちゃうっ！　おちんちんずぼずぼ感じちゃうのぉっ！　らめにっ、なるっ！　おおっ、おひりっ！　おかひくなるっ！　あらまっ、おかひくなっちゃうぅっ！」

　膣を突かれるのとは違う劇薬のような快感が美涼を襲う。前が下腹部を揺さぶられる感覚なら、後ろは脳みそまで突き上げられるかのような感覚だった。呂律の回らなくなった状態で美涼はひたすら悶えていた。

「おおっ、おおっ、おひりにぃっ！　おちんちんでっ……！　イ、イク……イキそぉ……おっ、おぉっ、おおぉっ……！」

「俺も……出そうだっ……！」

雅孝は美涼の肉孔にむしゃぶりつくように一気にラストスパートをかける。肉棒に食らいつく肛門が、ピストンのたびにめくれあがった。

「ああっ、ああっ、じ、ぬ、じんじゃっ、んぅうっ！　イキじんじゃっ、あっ、ひっ！もっ、おっ、おっ、おっ……おおっ、おひぃいいぃいいぃいぃいっ！」

肉棒が噛み千切られそうなほどの強烈な締め付けとともに、美涼が絶頂を迎える。そこから生じる快感は、アナルでなければ味わえないものだった。

「ああああっ、ああぁっ、イグッ、イグッ、イッぐぅうううぅぅぅっ！　おひっ、おひっ、おひりぃいいぃいいぃいっ！　イグのっ、イグのぉっ！　おっ、おっ、おっ、おおぉっ！　んおぉおっ！　おっ、おぉおおぉぉんっ！」

真っ白い喉を見せながら、美涼ががくんっ、がくんっと全身を痙攣《けいれん》させる。獣のような声をあげて絶頂に震える。アナルには圧倒的な快感とともに膨大な量の精液が放たれた。腸内が灼けるような白濁が、真っ白になった美涼の頭に尻穴アクメの快感を刻む。

「で……でてりゅぅ……おひりにザーメン……びゅくびゅく……んっ、くひゅぅ……」

恍惚とした表情で、美涼は腸内に染み入る精液に感じ入っていた。

雅孝がたっぷりと精液を吐きだした肉棒を引き抜くと、美涼のアナルは肉棒の形に開いたままごぶっと音を立てて精液を吐きだした。

「はぁあああぁぁぁ……はぁあああぁぁぁ……。んふぅううぅぅぅ……」

大きすぎる快感に美涼の身体も耐えられなかったのか、そのままぐったりと脱力すると気持ちよさそうに寝息を立て始めた。


「ん……んぅ……」

眠っていた美涼が目を覚ました。

「気が付いた？」

「ん……。んんぅっ……！」

雅孝の顔を見た途端、美涼の顔が真っ赤になる。

「あ、あのね！　私、本当はお尻で感じてなんかないんだからねっ！」

いきなり始まる釈明。初めてのアナルセックスで、どんな反応をしてしまったのか美涼もしっかり記憶している。

「それより、催眠を使ってお尻までっ！　もうっ、ばかっ！」

「あー……。それに関しては、調子に乗りすぎたと思います。ごめんなさい」

雅孝は素直に謝罪し、反省の言葉を述べた。

「……お尻、痛かったんですけど」

「ご、ごめんなさい」

「つーん」

雅孝の謝罪に対してむくれる美涼。

「こ、今後は二度としないようにします」

美涼の許しを乞うために、反省を今後の行動で示そうと、雅孝はもう二度とアナルには触れない宣言をするのだった。

「えっ⁉」

それに対して、美涼は目を丸くする。

「なにか……？」

「……そ、そんなに、反省しているなら？　た、たまになら……本当に、たまに、ちょっとくらいなら、べつに……いいかもよ？　いきなりはダメだけど……ちょっとくらいなら、お尻でも……うん」

「……えぇ」

美涼は、雅孝が想像していたよりもずっと器が大きかった。

「だ、だからっ、今回は許してあげるわっ」

「……あ、ありがとうございます」

「次するときは、ちゃんと準備してからね」

「はい、もちろんです」

彼女の言いつけを守って、次回はちゃんと準備をしようと決めた。

7章　我が家のバニー妻！

　ここ数日、雅孝は仕事漬けの日々を送っている。忙しさと疲労に加え、残業による午前帰宅も増え始め、夫婦の営みも徐々に、確実に減ってきていた。

「明日も早いし、今日は寝るよ」

「うん……おやすみなさい」

　雅孝が仕事で疲れていることは、美涼もよくわかっている。だから、美涼も雅孝を無理に誘うことはしなかった。しかし、なにか言いたそうに見つめる寂しそうな声と表情は、雅孝の心にチクリと刺さるものがあった。

「……今が踏ん張りどころだ」

　だから、雅孝は仕事にとことん向きあった。ここを乗り越えて、美涼と再びイチャつくために。コスプレエッチをするために。そう思えば、自然と力が湧いてくる。

　久しぶりに定時で帰宅できた雅孝が家のドアを開けると、入れ替わりで美涼が外出しようとしていた。

「おかえりなさい。えっと、買い忘れがあったから行ってくるね。夕飯はすぐに準備するから待っててねっ……！」

「あ、ああ。いってらっしゃい」

せわしなく駆け出す美涼を見送り、雅孝は荷物を置いてスーツを脱ぐ。ネクタイを緩めたところでインターホンが鳴った。どうやら宅配便が来たらしい。荷物を受け取って、リビングへと戻る。届いた荷物はいつも雅孝が使っている通販サイトのものだった。

「なんだろう」

箱を開けて中身を見る。雅孝は目を丸くした。

「あーもー、コンビニ受け取りと間違え……て」

そのタイミングで、美涼が帰ってくる。雅孝と荷物を見た瞬間に凍り付く。

「えっと、美涼？　これは……」

「待って。順を追って説明させて」

しばらくの沈黙を経て、美涼が口を開く。

「その……雅孝さんを喜ばせようと思って。さ、最近は、その……あんまりかまってくれなかったし……。だけど仕事に影響が出ちゃうかもしれないから、無理強いするわけにもいかないかなぁって……。でも、雅孝さんはこーゆーの好きだから、もしかしたら、元気が出てくれるかなーって……」

羞恥《しゅうち》に濡れた美涼の視線は、きれいに掃除されたテーブルの上。届いた荷物の中に入っていたのは、バニーガールのコスプレ衣装だった。

「そ、その、サプライズで……。えっと、こ、興奮してくれるかなぁって……」

「……買ったんだ」

「わ、私のお小遣いだからっ、大丈夫だからっ！」

申し訳なさそうに言い訳をする美涼の声は、利いているだけで雅孝の心が落ちこんでくるものだった。

「ご、ごめんなさい……その、迷惑、だったわよね」

「美涼……」

「なに……？」

「今日の夜さ……久しぶりに、いいかな？」

雅孝は、自分に対する憤りに似た感情があった。美涼の心に気づいてやれなかった後悔もあった。たしかに仕事の疲労もあった。言い訳したい気持ちもあった。しかし、雅孝の中にある最も大切な感情は、欲求不満になるまで自分を想ってくれた彼女を愛してあげたい、受け止めてあげたい、そこに尽きた。

「いいの？　お仕事で疲れてるんじゃ……」

「いい。セックスしよう」

就寝前。いつものように催眠装置のスイッチを入れる。

「……あれ？」

だが、明らかな違和感がある。

「……俺の声、聞こえてる？」

「……うん」

普通に返ってくる美涼の声に、雅孝はやはりいつもと違うと感じる。装置のスイッチのオンオフを繰り返すが、装置が作動したときに感じられる独特の感覚が今日に限って存在していなかった。

「……もっかい」

「うん」

何度やっても装置は動作しているように思えない。催眠にかかるのを待つ穏やかな美涼の呼吸音だけが聞こえてきて、雅孝を焦らせる。しかし、それは好機かもしれないと雅孝は思い直した。いっそこのまま、催眠をかけている体で最後まで乗り切ったらどうなるだろうか。

「準備できたよ、美涼。始めようか」

「……はい」

バレたら大変なことになるかもしれない。雅孝はかつてない高揚に胸を膨らませる。生身の美涼との「催眠ごっこ」へと足を踏み入れる。

「じゃあ、バニースーツを着てもらおうかな」

「……はい」

美涼はするするとパジャマを脱いで、バニーの衣装へ着替えた。

「そうだなぁ……。バニーさんにたっぷりサービスしてもらおうかな。バニーさんとエッチなことができるお店で、俺はお客さん。美涼はお店のキャストってことで」

「わかったわ」

はっきりと答えた美涼が、色っぽい表情で雅孝を見つめる。

「さ、お隣に座ってください、お客さま」

早速プレイがスタートした。

ベッドに腰かけている美涼が、隣をぽんぽんと叩く。雅孝は隣に座る。美涼が催眠にかかっていないことにいつ気づくか、ひやひやしていた。

「あらら、緊張していますか？　こういうお店、初めてなんですか〜？」

「あっ、まあ……そうだね、初めてかな……」

ノリノリでキャスト役を演じる美涼。無造作に身体を寄せて、バニースーツに包まれた爆乳を雅孝の腕にむにゅんと押し付ける。

「これくらいで緊張していたら、このあとのイベントに耐えられませんよ？」

「い、イベント……？」

「うふ……えーいやっ！」

雅孝は美涼に押し倒されてしまった。美涼の手がズボンへと向かい、手早く下着ごと脱がせてしまう。彼女の前に、雅孝の男性器が晒された。

「あらまぁ、ガチガチ……」

すでに甘く勃起した肉棒に、美涼の吐息がかかる。

「ふふっ、この時間は、肉食バニーさんとのフリーエッチタイムですからねー」

覆いかぶさるようにして、美涼が自慢の爆乳で勃起を包みこむ。

「ふふ……随分と硬くなってらっしゃいますね」

「それは……くぁっ」

「うふ、なにも心配しなくても大丈夫ですよ、そぉれ」

肉棒が生々しい音とともに深々と乳房の海へ沈む。それだけで雅孝の下半身を蕩けるような快感が襲う。

「きちぃんと満足させて差し上げますからね。リラックスして、私に身を任せてくださいね。さぁて、さっそくパイズリを始めましょうか」

上目遣いに雅孝を見る美涼の表情は、まるで友人と話しているかのような気軽さだ。

美涼は肉棒が逃げないように乳房に圧力をかける。腰が抜けそうな快感が雅孝の下半身から全身へと伝播する。

「うふっ、いかがですか？　私のおっぱい、柔らかさと大きさには自信あるんですよ」

「……最高だ」

手とも膣とも違う柔らかい肉の暴力。圧倒的な柔肉による強制ホールド。それは雅孝から語彙を奪うには十分な快感だった。

「くすくす、それはよかったです。十分に堪能していってくださいね」

嬉しそうに雅孝を見る美涼の目は、客である雅孝に対するサービス心にあふれていた。肉棒を包みこむ乳房がさっそく動き出す。美涼の呼吸に合わせて上下左右に捏ねられ、自在に形を変える。

「はぁっ、んっ、凄く硬くて熱いっ。ふふっ、おっぱいで興奮してくれてるんですねぇ。んんっ、はぁっ、おちんちんがおっぱいのナカでビクビクってしてる……んっ、なんだか別の生き物みたい……んふっ、はぁ、はぁ……んんっ」

子を育てるための神聖な乳房が下品に歪んでいる。片手で収まりきらない爆乳で肉棒がしごかれると、セックスとはまた違う興奮と満足が雅孝を満たす。

「んふっ、はぁっ、んっ……。どうですか、パイズリ、気持ちいいですかぁ？」

「ああ……気持ちいいよ」

「ふぅ、ん、んふ……自慢じゃないですがぁ。私のおっぱい、お店の中で一番おっきぃんですよぉ」

「……だろうね」

「ん、む……まだ余裕がある感じですね」

パイズリの快感で呆けたまま返した雅孝に、美涼はどこか不満そうに唇を尖らせた。

「もしかして、お客さんはけっこう遅い感じです？　ならこのままじゃイケないかもしれませんね。……だったら、こういうのはどうでしょうかぁ？」

なにか思いついたような微笑みを見せた美涼が、深々と乳房の谷間に肉棒を包みこませた。そして、先端を覗かせる肉棒に顔を近づける。

「ん……れろぉ」

「んぁっ⁉」

肉棒の先端に雷が落ちたかのような刺激が雅孝を襲った。

「いい反応ですね、れるぅ。それでこそ……ヤった甲斐があるものです、ちゅぷっ」

谷間から生えた亀頭を美涼の舌がなぞる。先端を舌先でくすぐられる感覚に、雅孝からは情けない悲鳴が飛び出た。

「ろぉれふ、かぁ？　こぉやって、おっぱいれ挟まれながら、先っぽ、舐められるの……んっ、ろぉ……れふ……？　きもひいい、れふかぁ……？」

「あっ、あ……あぁ……」

「んっ、れろっ。ひゃんとぉ、くちれ言ってくれなきゃ。らめりゃないれすかっ」

「んっ、あっ、気持ちいいっ、気持ちいいですっ！」

腰すら動かないほど柔乳でホールドされてから亀頭舐めが行われる。快楽の逃げ場などそこには存在しない。圧倒的な快感を前に雅孝は弱々しい返事しかできなかった。ただでさえ敏感な肉棒を乳房で包みこまれ、ひときわ敏感な亀頭を柔らかく蕩けた舌で舐められる。膣への挿入とはまたベクトルの違う至上の快楽だった。

「んふぅ、しょっぱい。臭いもすっごく濃くて……んっ、れろっ、癖になっひゃいそぉっ、かもっ。んれろっ、れろれろぉっ。んふっ、先っぽからいっぱいカウパー出てきてる……」

唾液たっぷりの舌による愛撫と、爆乳による締め付け。雅孝はどうすることもできずに快感に翻弄される。

「責められてると、カワイイ顔しますね……」

不意に手を止めた美涼が向けた眼差しには、悪戯っ子の好奇心が色濃く浮かんでいた。

「ちょっとだけ火が点いちゃったかも……ん、れぇろぉっ……」

先ほどまでの、舌でなぞるだけのものとは明らかに違う動き。飴玉を口の中で転がすような舌遣いに雅孝の脳内で閃光が弾ける。舌は美涼の唾液でどんどん濡れ、滑り、舐めまわされると途方もない快感が雅孝の背筋を這いあがってくる。

「んんっ、んふっ、れろ、れろっ。先っぽから、苦いお汁……んちゅるっ。癖になる味ですよぉ……ちゅっ、れるれるれるっ」

尿道をつつくように舌でなぞられ、亀頭全体を包みこむようにして撫でまわされ、雅孝の思考回路は蕩かされていく。弱点を完全に掌握された雅孝は、美涼のパイズリですっかり骨抜きにされていた。

「んれろっ、れろっ。ん……ふふっ、気持ちいい……れふかぁ……？」

「ああ……」

「ん、ならよかったぁ……。じゃあそろそろ……本気、らひちゃいまふね」

「……え？」

「ふふふ、すぐイッちゃダメですから」

美涼の言葉に覚悟を決める余裕すらないまま、雅孝は流されていく。ぬぷりと亀頭全体が包みこまれる感触に腰が震えた。肉棒全体を乳房で包んだまま美涼が性器を咥えていることに気づくのは数秒後だった。柔らかくて大きな乳房でしか味わえない、あまりにも贅沢な柔肉による最高の奉仕。それは性器からだけでなく視覚からの興奮も与える。

「んじゅっ、ン……ろぉっ、れふかぁ……？　このお店のなかれぇ、コレ、れきるのぉ。わらひらけ、なんれふよぉ……？」

わずかな隙間すら許さないほど密着した爆乳が、しっかりと雅孝の竿を挟む。ずっぽりと亀頭を咥えた美涼の顔が上下するのに合わせて弾み、溢れた唾液で濡れた竿を擦る。

性感帯のすべてが完全に美涼に包みこまれる。

肉棒全体への奉仕に射精衝動が一気に競りあがる。

「んん……ぷはっ」

あと少しで射精していただろうところで、美涼が口を離した。こみあげた衝動がまた落ち着いてしまう前に、再び亀頭が美涼に咥えられる。

「はむっ、ンッ、んむっ。ろぉれふぅ……？　きもひぃ、いぃ、れふかぁ？」

口と乳房で肉棒を弄《もてあそ》びながら、美涼が上目遣いで感想を尋ねる。

「い、いい……」

「ろこがいいかんり、れふかぁ？」

「それはっ、くぁっ……！」

「どの部分が、きもひいい、れふかぁ？　さきっぽ？　ねっこ？　それとも、竿のとこ？」

左右からの乳圧で肉棒をぎゅうぎゅうに搾りながら、トロトロの口腔で亀頭を柔らかく包みこみながら、美涼は余裕のない雅孝を責めたてる。

「おっぱいでもっと根元から強く挟んでほしいとかぁ、口と舌でもっと先っぽをペロペロして欲しいとかぁ。ひゃんと具体的に、こぉひて欲しいとかぁ、言ってくれないと、らめりゃないれふかぁ……」

パイズリフェラを続けながら、たしなめるように言う美涼の様子に、雅孝はぞくぞくした背徳と興奮が湧きあがるのを感じていた。

「あなたはぁ……どんなことを、して欲しいですかぁ？」

好奇心と興奮に満ちた美涼の眼差しは、少し前の彼女からは考えられないほど艶めかしい色気と熱をたっぷりと帯びていた。今までに見たこともない色香を纏《まと》う美涼を前に、雅孝は自分を失っていた。

「お、おっぱいでチンコを挟みまくって、喉奥まで呑みこんで、しゃぶってくれ」

「んふっ、よくれきまひたぁ……ぁ、むぅ……んんぅっ！」

ここまでの行為が前菜だったと言わんばかりの勢いで、美涼が激しく肉棒を咥えしゃぶりはじめる。雅孝のリクエストどおりに乳房で竿をこすり、捏ねながら、頭を上下に動かして唇で亀頭を刺激する。口腔では舌が動き回り、海綿体を唾液で洗うように舐る。大きくて柔らかい美涼の乳房だからこそできる、腰が抜けそうなほどの心地よさは、抵抗できるできないという次元を超えていた。

「あはっ、腰が浮いてる、んっ、ちゅぶっ。れろ、れろれろっ、ぢゅるるっ、んふぅ」

ただでさえ限界が近かった射精衝動が再び鎌首をもたげ、度重なる快感に雅孝はうめき声をあげる。乳房の動きと連動するように腰が動き、美涼の口内粘膜を求めて肉棒を差し出してしまう。

「そろそろ出ちゃいそうなんですね。大丈夫です、私に任せてください……いっぱい……いぃっぱい、出させてあげますから……」

慈しむような、愛おしむような、そんな眼差しを一瞬だけ見せて、美涼は獲物にすがりつくかのように激しく肉棒を舐めしゃぶる。下半身が溶けてなくなるのではないかと思うほどの快感の大波が雅孝の理性を押し流す。

「んちゅっ、ぢゅぶっ！　んっ、ぢゅるっ、ちゅっ、んじゅるるっ！」

「あっ、ああ……も……出るっ……！」

「んっ、らひてっ、ナカに、ンッ、んむっ、ぢゅぢゅぅっ！」

外に出す、という選択肢は雅孝の中から消えていた。射精を押しとどめていた力は美涼の最後の吸い付きにあっという間に抜けてしまう。極上の快感の中で、美涼の口内へおびただしい量の精液をぶちまける。

「んんっ、んぐっ！　ぐぶっ！　んっ、んぶぅっ！　んふぅっ、んんんぅっ！」

ここ数日間、ためこんでいた濃厚な精液は、飲み下すのに苦労するほどの粘度だった。美涼は上気した顔をしかめながら、しっかりと喉を鳴らして精液を胃の中へと流しこんでいる。その様子に、雅孝は圧倒的なまでの充足感を覚えた。

「んぐぅっ、んっ、ん……ぷはぁっ」

　長い長い口内射精が終わり、尿道の中に残る精液まできれいに啜り取った美涼が口を離した。真っ赤な唇と、谷間を溢れた白濁で汚したまま、満足そうに微笑む彼女の表情は、下品ながらもひどく雅孝の興奮を煽る。

「多すぎて……溺れちゃうかとおもいました。……あ、まだ、硬いんですね」

　美涼の視線はなおも硬さを保つ肉棒に向けられる。

「……くす。満足できるまで……シちゃいますか？」

　ぼんやりと期待した眼差しを向ける美涼に、雅孝はうなずく。

　美涼は嬉しそうな表情を返すと、雅孝に跨った。バニー服の股間部分をずらし、ストッキングを破くと、湯気が出るほどに火照った女淫が露出する。

「ハメちゃいますね……ん、んふぅ……はぁ、ンッ、はぁっ……！」

　愛撫の必要がないほどに濡れた膣が肉棒を受け入れる。自分から進んで、楽しそうに挿入する美涼の姿は、痴女としか思えないほどだった。

「んふ……やっぱり、おっきい……。あなたのが、私の奥まで入ってるんです……。ヘソの裏側の部分……ココがちょうど、私の一番気持ちいいところなんです」

　狙っているのかはたまた天然なのか、その一挙一動が雅孝の男心を射抜く。下腹部をさすりながら楽しそうに雅孝を見下ろす美涼の瞳は、期待と興奮とで彩られている。

「それじゃ、動いちゃいますね……！」

ずちゅ、ずちゅ、ずちゅ……！

汁気たっぷりの蜜壺が、美涼のゆっくりとしたグラインドのたびに水音を奏でる。

「んふぅ、あぁ……やっぱりぃ……。私たち……相性ぴったりみたい、ですっ。んふっ」

膣内の性器の角度を自分の気持ちいい方向へと変えながら、身体を揺らす美涼の声はとても幸せそうだった。

「んっ、あっ、やっぱり、ダメですねっ、これ、んぁっ。勝手に、腰がっ、動いちゃいます……んっ、はぁっ。気持ちいいっ、はぁんっ！」

肉棒をきゅうきゅうと締め付けながら腰を振る動きは、まるで自慰でもしているかのようにスムーズだった。鼻にかかった甘い声を出しながら、たぷんっ、たぷんっ、とたわわな乳房を揺らして美涼は乱れていく。そのエロティックな姿に雅孝はくぎ付けになっていた。そして、彼女をもっと悦ばせたいという欲求も湧きあがる。

「はぁっ、はぁっ！　それっ、下から突き上げるのっ……！　気持ちいいっ、好きっ、それ好きぃっ……んっ、ふぁあんっ！」

円を描くように陰部を擦りつける美涼を、本能に任せて下から打ち上げる。美涼が押し付ける膣の最奥に、雅孝の亀頭が当たる。ピストンのたびにスーツからまろび出た乳房が波打ちながら弾み、視覚から雅孝の興奮を煽る。そうなれば、手を出さない道理はなく、雅孝は手を伸ばして美涼の双乳を鷲掴みにして揉みしだく。

「んもっ、触るならっ、触るって言わなきゃっ……！　ダメじゃない、ンッ、あはぁっ！

でもっ、いいっ、気持ちいいから……んっ、許しちゃう……んっ、もっとぉ……！」

　ボリューム満点の性感帯を刺激されて、美涼は徐々に余裕を失い、こぼれる吐息にも熱が入りはじめていた。

「もっと、もっとしてっ、もっとほじってっ……！　ぐちゅぐちゅってっ、もっとおまんこかき混ぜてぇっ……！」

　膣内をほじくられる快感に、本能のままに嬌声をあげる。

「腰だけじゃなくっ、ンッ、おまんこも勝手にうごいちゃうぅっ！　んぁっ、あたま溶けちゃいそぉっ、んっ、ふっ、はうぅん！」

　きゅうきゅうと肉棒を締めつける。

　どこもかしこも魅力的な姿で、雅孝はもう目が離せない。

「めちゃくちゃエロカワイイよ、美涼」

「んぅっ⁉　そ、そういうの禁止っ……恥ずかしいの禁止っ！」

　不意に出た雅孝の本音に、理性を取り戻した美涼がまるで初体験のときのように顔を真っ赤に染める。

「でも、実際にカワイイし」

「だ、だからそういうのはっ、ひぅんっ⁉」

「感じてるトコとか凄くカワイイ」

「なっ、なにを……ンッ、んんぅっ！」

雅孝は言葉責めでひるんだ美涼に追撃をした。愛撫とピストンで責めたてる。何度も抱いたからこそわかる愛妻の弱点を、しっかりと緩急をつけながら刺激する。

「ふひゃっ、あっ、あっ、あっ！　ダメっ、ダメでっ！　んふっ、あひっ！　声っ、止まんなっ、ああっ！　勝手に、腰が、動いちゃっ、あんっ！」

「もっと感じてるトコ見せてよ」

「んぅっ、ううぅ……意地悪ばっかりぃ、んぁっ！」

美涼はわかりやすく余裕を失い、乱れ始める。満足した雅孝のペースは自然と早まる。負けじと美涼も跳ねるような腰振りで雅孝を追いこむ。激しい上下運動が強烈な快感をもたらし、竿全体が膣肉にしごかれる感覚に雅孝の腰もより大きく弾む。

「んっ、あっ、ぴょんっ、ぴょんっ！　んはぁっ！　う、ウサギさんはっ、強いんですからっ、んふっ、ンッ、ふぅんっ！」

ただでさえ狭く柔らかい膣で絞られる刺激に、激しいピストン運動が加わる。雅孝が先ほどまで得ていたアドバンテージはあっという間に消滅した。余裕のない表情になってしまうのを美涼が気づかないはずもなく、先ほどの激しい動きから一転して、再び粘膜を擦りあわせるような腰遣いへと変える。

「んっ、なんで……？」

「簡単にイッちゃったら勿体ないですもんねぇ」

美涼はぐにゅぐにゅと膣襞を蠢《うごめ》かせながら、どこか嬉しそうな表情で肉棒を刺激する。

雅孝の回復を待つ、射精に至りそうで決して射精させない絶妙な腰遣いは、快感の口を綿でふさがれているようなもどかしさだった。

そんなインターバルの中で、次第に性器が擦れる水音と快感が激しくなる。

「はぁ……はぁ……。もうちょっと、我慢してくださいね……。ンッ、私はまだ……イッてないんですから……。イクときは……うふ……一緒にイキましょうね……」

優しく語りかける美涼の呼吸はだんだんと乱れて、腰のグラインドだけだった動きに上下が混じりはじめる。腰を弾ませる動きがどんどん増えていき、ぐぢゅん、ぐぢゅんと鈍く下品な音が響く先ほどの腰遣いが戻ってくる。

「はぁっ、ああっ、ンッ、酷い音っ……！　恥ずかしいっ、のにっ、止まんないっ……！んはぁっ、はぁっ、キ、そぉっ……！　おっきぃのっ、キちゃいそうで……ふぁっ、もう無理ぃ……我慢、無理ぃっ……！　ね、ねっ、一緒に、イこっ……！」

懇願するような甘ったるい願いと主ともに、美涼が身体を倒して腰を振りたくる。

「はぁっ、んふぅっ！　止まんないっ、これ止まんないっ……！　んっ、一緒にっ、イキましょ……はぁっ、はぁっ、はぁっ、んんぅっ！」

雅孝は目の前で踊る乳房を鷲掴みにしたまま、残り少ない射精までの時間を全力で駆け抜ける。どのタイミングで射精するかを考える余裕もなく、オスとしての本能に従って腰を振り、膣内を突きあげた。

「んはぁっ、いいっ、いいよぉっ！　気持ちよすぎるのっ、んふぅっ、ダメになっちゃうくらい気持ちいいのぉっ！　ふぁあっ、ああっ、ああっ、もっと、もっとぉっ！　もっと激しくっ、シてっ、んっ、はぁっ、はぁっ、はぁあんっ！」

雅孝はコリコリに勃起した乳首ごと乳房を揉みしだき、白濁した粘液を溢れさせる蜜壺を力の限り蹂躙《じゅうりん》する。お互いに取り繕う余裕すらなくなるくらい、激しく貪りあう。だらしなく口を開け、舌を垂らした無様な顔をした美涼を、もっと見たい、知りたいと抱きしめ突き上げる。

「んはぁあっ！　イクッ、イッ、イッちゃ……ひぁっ、あっ、あああぁぁぁっ！」

そんな最中、不意に美涼が声を上ずらせて身体を震わせた。膣内が急激に収縮する。軽い絶頂に至った美涼はやけどしそうなほど熱い息を雅孝の首筋に吐きかけた。それは雅孝のタガを外すには十分すぎる刺激だった。

「んっ、あっ、ひぁんっ！　ま、待ってっ、私っ、イッ、たぁっ！　イッたばっかり、だからぁっ、んっ、んんぅっ！」

雅孝はさらに激しく腰を振りたくり、絶頂後の蕩け媚肉を突きほぐす。終わらないオーガズムの波に美涼は高い嬌声をあげ、膣内を痙攣《けいれん》させ続ける。

「おまんこっ、イキっ、ぱなしにっ！　んはぁっ、あっ、ひぃんっ！　今っ、イキすぎてるからっ、ああっ、ダメっ、これダメっ、んひぁあっ！」

下半身ごと絞り出すような膣肉の蠢きに対して、雅孝がかろうじて抗うことができたのはさきほどパイズリフェラで射精していたおかげだった。そうでなければ、すぐにでも射精してしまっていただろう。

「おおっ、おおっ、いぎっ、イギまぐってるぅっ！　ああっ、イグっ、イッちゃう……もうむりっ、むりむりむりっ！　ひっ、あっ、あっ、ああっ……！」

「美涼……出すぞっ……！」

「うんっ、うんっ、うんっ！　出してっ、出してっ、出ひてぇっ！　くひっ、ああっ……ひっ、きぃいいいぃいぃいっ！」

ぎゅうっと膣内が収縮する。痛みを覚えるほどの強烈な締め付けの中、雅孝は美涼の膣内へと白濁を放つ。快楽神経が焼き切れるような快感とともに、絶頂に下腹部をヒクつかせる美涼を見上げながら何度も膣内の肉棒を脈打たせた。

「ふぅう……ふぅう……はぁっ……んぅうううぅぅうっ……！」

美涼は襲いくる絶頂から必死に自意識を守ろうと奥歯を噛んでいる。そんな彼女のために一滴たりとも無駄にしないように、雅孝は細い腰を抱き寄せて最奥へ肉棒をねじこんだ。射精が終わるまで、亀頭を子宮口に密着させて、圧迫し続けた。

「はぁ……はぁ……く……ふっ」

何秒かも覚えていないほどの射精を終えて、心地よい脱力感と満足感がふたりの心身を満たしていく。

「お腹の中、たぷたぷぅ……精液いっぱぁい」

美涼が前のめりに倒れこむ。ぐったりとした彼女が浮かべる笑顔は、ひと仕事終えたと

言わんばかりに満足げだった。

「イッて、イッて、イッて……気持ちよすぎて、壊れちゃうかと思いましたよぉ……もぉ。いきなりはダメだって言ったじゃないですかぁ」

「……ごめんごめん」

「ま、べつに本気で怒っているわけじゃないですし。いいんですけどねぇ……はふぅ」

まだ絶頂の余韻で呆けている美涼は、雅孝の言葉を適当に流しながら身体を預けた。雅孝の腹部に、汗のたっぷり染みこんだバニースーツが密着する。漂ってくる体液の香りは、彼女の激しい絶頂を物語るものだった。

「気持ちよかったから、それでいいです」

快楽と恍惚でトロけきった顔で笑う美涼は、雅孝が息を飲むほどに綺麗で、淫らだった。目の前にいる彼女が妻である幸運を噛みしめながら、雅孝はぎゅっと抱きしめ、その温もりを再実感した。


「えぇっ⁉　電池切れぇっ⁉」

「ああ。実は催眠装置、動いてなかったんだ」

ひととおり行為を終えたあと、雅孝は美涼にネタばらしをしていた。

「えっ、えっ、ええっと……ということは……！」

「多少の演技はあったかもしれないけど、美涼が感じまくって、イキまくっていたのも、エロエロな姿を見せていたのも完全に素ってことになるな」

「へ……は……す……ん……はぁあっ！」

美涼の顔がコロコロ変わる。衝撃の事実を、どういう表情で受け止めればいいのか処理できていないのだ。挙句、身体を芋虫のように丸めながら、照れ隠しとばかりに雅孝の肩をバンバンと叩く。

「いつの間にやら、エッチになってたんだなぁ」

「もぉーーーっ！　もぉーーーっ！　もぉーーーっ！」

さらに肩を叩く。

「あーもーっ！　知らないっ！　もー知らないっ！」

羞恥に耐えきれず、美涼は布団に潜りこむ。その様子を雅孝は微笑ましく見ていた。この反応こそ美涼で、雅孝は妻のそのしぐさが愛らしくてたまらない。

「悪かったってば」

「ふーん！　ふーんっ！　ふーんだっ！」

すっかりヘソを曲げてしまった妻に、雅孝はそっと声をかける。

「……でも、嫌だったわけじゃないんだろ？」

「……うぅぅん」

否定とも肯定ともとれる返事が返ってきた。少なくとも、以前までの美涼ならば絶対にありえないはずの反応だった。

「次も……装置、要るかな？」

「……ん……そ、だね」

美涼が毛布の中からぬっと顔を覗かせる。

「もう、いいかな……。装置は使わなくっても」

美涼は装置との決別を驚くほど素直に受け入れた。

「……いいのか？」

「……ん、いい」

催眠装置を卒業する。つまりそれは、愛情を確かめあうための後付けだった理屈を取り払うということだった。

「美涼……んっ」

雅孝は強引に美涼の身体を抱き寄せる。すると、唇を重ねてきたのは美涼のほうからだった。しばらくのキスのあと、ゆるりと離した美涼の唇と瞳は、いつもと変わらず、色っぽく濡れている。

「続き、シよっか……私の愛する日那さま」

裸のまま紡がれた彼女の愛を皮切りに、雅孝は美涼とともにどこまでも蕩けていった。

エピローグ

催眠装置を使ったセックスから卒業して、一番大きな変化は夫婦の営みの際に照明をつけるようになったことだった。薄明りの中ではなく、はっきりとコスチュームが見える状態でのセックスが当たり前になっていた。

そんなある日、雅孝は美涼にある衣装を着てもらった。

「これって……」

「そう、ウェディングドレス」

「ちょっと待ってよ。ど、ドレスですって!? た、高かったでしょ!?」

いつの間にか雅孝が購入していた純白のドレスに身を包んだ美涼は、さらりとした肌触りの生地を撫でながら訊ねた。

「いや、ジョークグッズの一種だから値段はそれほどでも」

「……それはそれで、聞きたくない事実だったわね」

「まあまあ、こういうのは気分が大事だから」

グッと親指を立てる夫の前で、美涼は小さく「ばか」とつぶやきため息を吐いた。

「……で、旦那さまはこんな服を妻に着せてどういう気分になりたいの？」

「本当は、初夜はウェディングドレスでしたかったんだ」

結婚してから雅孝はコスプレ趣味のことを黙っていた。本当は、ウェディングドレス姿の美涼と初夜を迎えたかったのだが、自分の性癖を露わにすることをためらってしまい、生まれたままの姿でのセックスとなってしまった。雅孝はそれをずっと悔やんでいた。だから、今回の催眠セックスで夫婦仲改善の暁には、美涼にウェディングドレスを着てもらいセックスしようと思っていた。

「はぁ、なんとも壮大な計画で」

「というわけだから美涼。初夜ってシチュエーションでエッチしよう」

「わかったわ。初夜ってことは、雅孝さんがリードしてくれるのよね？」

美涼はにんまりと笑って雅孝に身体を寄せた。

「まあ、そうなるかな」

「ちゃぁんと、私のことも満足させてよ？」

挑発的な言葉を投げかけた美涼はすっと瞳を閉じる。

雅孝は美涼のことを抱きしめて、唇を重ねる。初夜ということは、ふたりの設定は新婚ということになるのだが、互いの舌を求めて、唾液を混ぜあわせるようなキスは長年連れ添った夫婦ならではの愛情確認だった。

「雅孝さん……シましょ……？」

ベッドに仰向けになった美涼が、ドレスのスカートをめくりあげる。愛液を滲ませてヒクつく女淫が雅孝の前に晒される。

「キスだけでこんなに濡らして……。エッチな新妻だ」

「雅孝さんのせいなんだから、責任取ってくださいよね？」

雅孝は初夜のことを思い出す。こんなに積極的ではなかったが、美涼は確かに、雅孝のことを愛おしむように見つめながら、恥ずかしそうに足を広げて誘っていた。

「美涼さん……すっごく綺麗だ……。ドレスも似合ってるし。なんていうか……めちゃくちゃエロくて興奮する……」

「きゅ、急にどうしたの？　恥ずかしいわ」

「そうやって恥ずかしがる顔もかわいい」

「もおっ。あんまり見つめないでよっ」

美涼がぷいっと顔を逸らした。微笑ましい反応をする彼女の身体は、ほんのりと赤らんでしっとりと汗ばんでいる。

「美涼さん……愛してる」

「私もよ、雅孝さん……」

ふたたび愛を確かめあい、唇を重ねながら、雅孝は勃起を美涼の膣口にあてがう。小さな濡れ穴に亀頭を押しあてて、ゆっくりと挿入した。

「んっ……んぁっ、ああっ……。おちんちん……一気に、きたぁっ……」

美涼の膣が肉棒を咥えこむ。愛液で十分に潤った膣に男根が埋没する。相変わらずの締まりの媚肉壺に、雅孝は挿入した肉棒をビクンと震わせた。

「んぁんっ！　雅孝さんのが、暴れて……んっ、根元まで……おちんちんが入って……おまんこの中が、いっぱいになってる……」

美涼は下腹部をさすりながら、潤んだ瞳を雅孝に向けた。

「お腹の上からでも……硬いのがわかる……。おっきなおちんちん……はぁ……はぁ……雅孝さんのがちゃんと私の中に入ってるの感じて……嬉しいわ……」

挿入だけでは我慢できないのか、美涼の腰がわずかにくねる。肉棒がうねる肉襞に絡みつかれて雅孝の口からくぐもった声が漏れた。

「み、美涼……新妻って、そんな、エロエロな感じでっ……？」

「雅孝さんのせいだもん。ねえ、早く動いて、雅孝さんのことをもっと感じさせて？」

「わかった。じゃあ、動くからな……」

以前までの美涼は、挿入してすぐ動くのを嫌がっていた。ピストンで与えられる刺激に対して、それを快感と認識できずに避けていたのだろう。しかし今は、男性器が膣内粘膜を擦る感覚が快感であると知っている。

「んぁあっ！　あはぁっ、ああっ、ンッ、んんぅっ！　おちんちんっ、きてっ、ああんっ、中いっぱいっ、擦って……んっ、んんぅっ！」

たっぷりの愛液で潤う膣を、雅孝はハイペースで突く。引き抜く動きも早々に、何度も亀頭で膣奥を突くような腰遣いで美涼の膣内を堪能する。ネバつく愛液が大量に分泌されて、雅孝のピストンはどんどん滑らかになっていった。
「んぁああっ！　奥っ、奥っ、んふぅっ！　おちんちんでっ、たくさんずんっ、ずんって
されて……あはぁっ！　あっ、あぁあんっ！」
「美涼さんはっ、奥が感じるんだねっ！」
「んっ、感じるっ！　奥っ、おまんこの奥っ、感じちゃい、ますっ！　ま、雅孝さんはど
うですか？　わ、私の……おまんこ……」
「ああっ、最高に気持ちいいよ。美涼さんの中、気持ちいい……！」
お互いの性感帯の確認。それは、本来の初夜ではできなかったやりとりだった。美涼は
気持ちよすぎて終始喘ぎ声を我慢して、雅孝からの問いかけにも答えなかった。雅孝も、頭
の中が美涼のことを気持ちよくすることでいっぱいだった。
それが今ではこうして、お互いの快感を共有できている。ふたりでちゃんと向きあって
夫婦の営みを行えることが、雅孝にはとても幸せなことに感じた。
「美涼さん、胸も、いい？」
「んっ、どうぞ……優しく、お願いします……」
雅孝は、目の前で波打ちながら弾んでいる爆乳へ手を伸ばす。優しくという指示が入っ
ていても、思わず強めに揉んでしまう。
「あぁあんっ！　お、おっぱい強すぎ……んっ、はぁんっ！　そんなにぃっ、がっついて
揉まなくたって、んふっ、いいのにぃっ……！」

「ごめん。でも、こうして強くしたほうが、美涼さんも感じない？」

雅孝はその手に余るほどの爆乳に指をめり込ませる。どこまでも指が沈んでいくような柔らかさを感じながら愛撫する。

「んふっ、あっ、ああっ、感じる……感じちゃう……っ！　んっ、んくぅっ！」

強めの愛撫に反応して、美涼の膣内ではヒダがよりせわしなく肉棒に絡みつく。乳房愛撫の快感に美涼が悶えれば、それだけで腰が抜けそうな快感が雅孝を襲う。

「もぉっ、私ばっかり気持ちよくなっちゃう……んっ、ああっ、雅孝さんのことも、気持ちよくしたいのにぃっ」

美涼も雅孝のピストンに合わせて腰を動かして、雅孝の得る性感を増幅させようとしていた。甘ったるい声を出しながら汗ばんだ肢体を官能的にくねらせる妻の姿に、雅孝の射精衝動が大きくなる。

「はぁっ、はぁっ、んふぅっ、ああんっ！　腰っ、んふっ、勝手に動いちゃうっ！　いっぱい、いっぱい、雅孝さんのこと、感じちゃうっ、よぉっ！」

白濁した本気汁を抽送のたびにかき出されながら、蕩けた表情の美涼は快感の赴くままに嬌声をあげる。子宮口を突かれるたびに雅孝の情動を感じて、そして太い肉棒が膣内を擦る快感が頭の中で真っ白く弾ける。

「美涼、エロすぎっ……！　俺もう、興奮しすぎて、止まらなくなる。美涼のこと、もうめちゃくちゃになるまで愛しちゃいそうっ……！」

「んふっ。そんなの、いつものことじゃない。いっぱいシて……愛して……あなた……」

その言葉に、雅孝の最後のリミッターが外れた。

オスとしての衝動のままに、トロトロに解れた蜜壺を突き、抉る。愛液を溢れさせる美涼の蜜壺が、ピストンのたびに卑猥な水音を響かせる。

「んはぁっ、んっ、ふぅうっ、はぁっ！　いっぱいっ、いっぱいっ、キて……っ！　お、おちんちんがっ、奥っ、子宮っ、んくっ、ずこずこって……あひぃいいっ……！」

衝動的ながらも、雅孝の肉棒は的確に美涼の性感帯を押しつぶすように動いていた。高い嬌声を響かせて、美涼は下半身がドロドロに溶けていくかのような感覚を味わっていた。視界には男らしく、しかしかわいらしく腰を振る夫の姿しかなかった。彼へと向ける愛情が、美涼の性感を高めるブースターとなる。

「んぁっ、あぁっ、おっぱいもっ！　んひゅっ、乳首ぃっ、アアッ、つまんで、ンッ、そんなにしたらっ、おっぱい伸びちゃうぅっ……！　んふぅっ、はぁっ、はぁあんっ！」

性感帯をこれでもかと責められる美涼は、トロけた表情で押し寄せる快感の波に揉まれていた。口を突いて出る下品な喘ぎ声も抑えることができず、浅ましく腰をふって雅孝との行為に夢中になっていた。

「んはぁっ、はぁっ、はぁっ、ひぃんっ！　ダメっ、すごくっ、気持ちよくってっ、も、もうイッちゃいそう……んぁっ、おまんこっ、ンッ、限界ぃっ……！」

雅孝に向かって美涼が手を伸ばした。雅孝は身体を倒して美涼のことを抱きしめる。胸板に乳房が押しつぶされるくらい密着しながら、美涼は絶頂へと向かう。

「まっ、雅孝さんっ、私……イッちゃいそうっ……！　で、でも……一緒がいい……イクなら一緒がよくて……だからぁ……」

だから、ペースを落として欲しかった。しかし、雅孝の腰は止まらない。

「大丈夫……俺も、ずっと我慢してる。今日は初夜だから……初夜は……一緒に気持ちよくなって、一緒にイキたいから……」

雅孝も、美涼と同じことを考えていた。

美涼は初夜のことを思い出す。自分ばかり何度も絶頂を迎えてしまったこと。雅孝と一緒に絶頂を迎えることができなかったこと。それを伝えることも恥ずかしくてできなかったこと。

こうして伝えることができるようになったのは、美涼の一番の進歩だった。

「んぁっ、ああっ、すっごいの、キちゃいそうっ……！　あはぁっ、んぅっ、我慢できないのっ、イッちゃう……イッちゃう……からっ……！」

「ああっ、俺ももう出るっ！　美涼っ、美涼っ……！」

解れた蜜壺が突きまわされて、寝室にはぐちゃぐちゃと卑猥な水音が響いた。頭が真っ白になりそうな快感と、互いの性臭に包まれながら、ふたりは溶けあうように絶頂へと向かっていく。

「いいっ、いいっ、イクッ、イクッ、イッくっ……イッくぅ……！」

小刻みな痙攣を繰り返していた美涼の膣が急激に収縮する。

「出る、ぞ……っ！」

その強烈な刺激に雅孝はこみあげてきた精液を一気に膣内へ放出した。

「んぁあっ！　出てっ、出てるっ！　雅孝さんのザーメン入ってきてるぅっ！　ほぁあっ、ああっ、ああっ、あはぁあああぁぁぁぁあぁっ！」

白濁を受け止めながら、美涼はビクンビクンと身体を痙攣させる。酸素を求めるようにだらしなく開いた口をパクパクさせてオーガズムに震える。

「はぁ……はぁ……イッたぁ……。雅孝さんと……一緒に、イけたぁ……」

「ああ……そうだな……。くっ、まだ、中がうねってる……」

射精中の肉棒に美涼のヒダが貪欲に絡みついて、中に残っている精液まで搾り取ろうとしているかのようだった。腰を抜きたくても動けない締りに、雅孝は繋がったまま呼吸を整える。

「美涼……最高に綺麗だ……」

「もぉ……エッチのあとの顔を褒められても、嬉しくないわよ……」

見つめあって、どちらからともなく唇を重ねる。

身体の火照りはまだまだ収まらず、結合部では美涼が腰を小さく揺らしていた。雅孝の肉棒も、一度の射精で萎えてしまうほど老いてはいない。

「本当、美涼はエッチになった」

「あなたは相変わらずね。こんなに硬くしたままで……」

やれやれ、と言いたげな誘い受けの妻は、物欲しそうに膣内をきゅうきゅう締め付けて二回戦を催促している。雄弁な膣でおねだりする美涼を微笑ましく眺めながら、雅孝は汗に濡れたドレスごと美涼を抱きしめる。

「美涼のことを満足させる約束だもんな」

「そんな約束した覚えないけど……。でも、いっぱいシてちょうだい。雅孝さん、ドレス姿の私をたっくさん抱いて？」

美涼の方から雅孝に唇を重ねる。お互いに性欲をさらけ出せるようになって、雅孝は美涼のことをこれまでよりもずっと近くに感じるようになった。そんな彼女と過ごせる日常は、今まで以上に雅孝の大切なものになった。


それからふたりは、何度も「初夜」を繰り返した。

あとがき　誘宵

でっけぇ！

というのが、本作を引き受けるにあたり公式サイトを見にいった際の第一印象でした。

今回はこちらのノベライズをやらせていただきました。「誘宵」と書いて「いざよい」と読ませている者です。この度はありがとうございました。

とにかく魅力的なコスプレが多い本作。ページが許す限り多くのコスプレをさせてやりたいところでした。が、泣く泣くカットになってしまったものもあります。この部分につきましてはぜひ原作ゲームをプレイしてください。

それにしても、本当にでっかい。全裸でのシーンもありますが、衣装を着てもわかるでっかさというのはまたよいものだと思っているので、今回の原作はとにかく性癖に刺さりまくりでした。

それに美涼さんもドチャクソかわいい。見た目もさることながら性格も個人的にぶっささりまくりでした。ノベライズにあたり、一部は原作どおりでない部分もあるのですが、その部分の台詞はすっとでてきてしまうには勝手に動いてくれるキャラクターでした。

そんなわけで、繰り返しになりますがぜひ原作もプレイしてください。声がつくと輪をかけて美涼さんがかわいいです。語彙が消失するくらいに。もう…………好き。

……テンションを上げすぎました。それでは、またどこかのあとがきでお目にかかりましょう。今回はこの辺で失礼します。

ぷちぱら文庫

こすつま

～新妻《にいづま》とエッチなコスプレレッスン～

2021年 9月29日　初版第１刷 発行

■著　　者　　誘宵
■イラスト　　天音るり
■原　　作　　ぱじゃまエクスタシー

発行人：久保田裕
発行元：株式会社パラダイム
〒166-0004
東京都杉並区阿佐谷南1-36-4
三幸ビル4A
TEL 03-5306-6921
印刷所：中央精版印刷株式会社

PP0406

新刊案内
お姉ちゃんたちと
らぶこみゅ学のおべんきょ～
シスターレッスン♡
ぷちぱら文庫 377
著 誘宵
画 しおこんぶ
原作 ましゅまろそふと
定価 810円+税
好評発売中!